GW01606686

Matthias Senkel

Winkel der Welt

Matthias Senkel

Winkel der Welt

Erzählungen

Matthes & Seitz Berlin

Winkel der Welt

Warenz	9
K	21
Zone des Schweigens	29
Rote Heringe	48
Lösegeld	65
Aufzeichnungen aus der Kuranstalt	78
Piko. Romankondensate	90
Peng. Peng. Peng. Peng.	97
Hefringsø	105
Eine löchrige Geschichte	113
I-63QL714	125
Hurricane Ally	129
Wetter: Modulsatz VIII	138
Museum der Neuen Welt	176
Skizzen für den letzten Roman	178
Fremdsprachiges	215

SEBASTIAN: Ich denke, er wird diese Insel in seiner Tasche nach Hause mitnehmen und sie seinem Sohn wie einen Apfel geben.

ANTONIO: Und dessen Kerne ins Meer aussäen, um weitere Inseln hervorzubringen.

— William Shakespeare, *The Tempest*

- - - - - ✂ *Schneiden* Sie den Text wie gewünscht entlang der Markierungslinie aus.

- . - . - . - *Dehnen*: Der Text lässt sich unter dem Druck enttäuschter Erwartungen und mithilfe gewöhnlicher feuchter Einbildungskraft nach Bedarf in der Länge oder der Weite dehnen.

— Dubravka Ugrešić, *Štefica Cvek u raljama života*

Warenz

Zerknüll das Blatt, streich es wieder glatt: Skandinavischer Eisschild bei abnehmendem Mond
Die Mondsichel sinkt einem frostklaren Morgen entgegen. Doch kein einziger Lichtstrahl dringt durch die Eismassen des Gletschers hinab zu dem Felsbuckel, an dem Überreste mesozoischer Algen zu Kalkstein verdichtet werden – hinab zu dem wachsenden Kreidefelsen, der einige Jahrtausende später das Nordkap einer Insel wird.

Warten, bis mehr Bewegung in die Geschichte kommt
Es taut, taut, taut ... und, wie Murmeln unter den fahlen Fingern eines Taschenspielers, kommen am Gletschergrund vier rundgeschliffene Basaltblöcke zum Vorschein. Zwischen diesen tonnenschweren Findlingen

- ✗ werden jungsteinzeitliche Jäger ihre Beute ausweiden
- ✗ werden seekrank angelandete Schafe kotzen, grasen, kötteln, lammen
- ✗ wird ein schwedischer Feldmesser seinen Theodolit aufstellen
- ✗ werden Schiffbrüchige für ihre leibhaftige Rettung beten
- ✗ werden biwakierende Wandervögel darüber nachsinnen, was es mit den Gestirnen und der

von ihnen beschienenen Welt auf sich haben mag

- ✗ werden wieder und wieder Ornithologen in Stellung gehen
- ✗ wird ein aufgeblähter Leichnam seiner Entdeckung harren
- ✗ wird Torffeuer brennen, schwelen, verglimmen
- ✗ werden Heimatkundler Fundstücke ins Erdreich einbringen
- ✗ wird ein Parteisekretär eine sommersprossige Küchengehilfin niederringen und danach nicht nur für die Beseitigung grasfleckiger Hosen zu sorgen wissen …

Nachforschungen, 2012

— Finden Sie das nicht auch verdächtig?

— Inwiefern?

— Immerhin hat er sich mitten in der Nacht von der Insel abholen lassen.

— Das schon, aber Parteisekretär Lederer war ein wichtiges Rädchen im Bezirk. Wenn da auf dem Festland die Pflicht rief, fand sich immer irgendein grauer Pott in der Nähe. Das Ministerium verfügte ja über eigene Grenzkontrollboote. Es kam auch vor, dass die 6. Grenzbrigade *Küste* hochrangige Kader übersetzte. Und im Notfall half natürlich die Küstenschutzabteilung aus.

— Also, wenn ihn die Volksmarine abgeholt haben sollte, ließe das auf außergewöhnliche Umstände schließen?

— Jetzt legen Sie bitte nicht jedes Wort auf die Goldwaage! Außerdem sollten Sie erst einmal nachforschen, ob das Ferienheim nicht sogar über ein eigenes Motorboot verfügte. Das hieß bestimmt *Feliks* oder so. Für Spitzel und

Bonzen gab's doch fast jeden Luxus. Würde mich nicht wundern, wenn die da draußen im Sperrgebiet Wasserski gelaufen wären.

Land unter, 1872

Der Novembersturm drehte auf Nordost, entwurzelte die Eichen des Inselgehöfts. Ein vor Kap Stribog auf Grund gelaufener Frachtsegler schlug am Kreidefelsen Leck; anderthalb Seemeilen westlich von Warenz rollte ein triftiger Fischkutter, bis er in einem Wellental verschwand.

Der Sturm legte weiter an Stärke zu und schob einen gewaltigen Wasserberg landwärts. Schon brach die See am Ostufer über die Düne hinweg, flutete das Feuersteinfeld und die angrenzende Weide. Wenige Minuten später drängten die schäumenden Wassermassen bereits ins Gehöft – weshalb Anton nicht genug Zeit blieb, das Vieh aus dem Stall zu treiben. Der Gutspächter trat den Rückzug an. Von Orkanböen gepeitscht spülten die Fluten als Erstes den Misthaufen vom Hof. Die unteren Gefache der umbrandeten Scheune sogen so begierig Salzwasser auf, dass die Lehmziegel binnen Kurzem als trübe Brühe der Strömung folgten. Nun trotzte nur noch das nackte Fachwerk den Wellen, und auch im Haupthaus wogte das kalte Meerwasser bereits kniehoch. Schemel, Kisten und lose Almanachseiten trieben im Erdgeschoss. Der Wind fetzte Tierschreie über den Hof.

Anton und Elsa, die mit einer Korkweste und zwei Bündeln auf den Dachfirst geklettert waren, umklammerten den kläglichen Stumpf des Schornsteins. Der Sturm riss ihnen ein ums andere *Herr hilf, wir verderben* von den Lippen. Als die Scheune zusammensackte und wie eine Kleckerburg in der Ostsee verschwand, ahnte Anton, dass die Korkweste nun seine letzte Wette aufs Überleben war.

Heimatkundliche Broschüre, Seite 3

[…] Offen bleiben muss deshalb, weshalb der Findlingskreis nie zu einem Megalithgrab ausgebaut wurde.

Ähnlich steht es um die Frage, ob jemals elbgermanische Warnen auf Warenz ansässig waren. Bis zur Völkerwanderung fehlt jedwede Spur einer dauerhaften Landnahme oder saisonalen Bewirtschaftung, und kein einziger antiker Historiograph vermerkte je unsere kleine Insel.

Aber auch mittelalterliche Quellen zu Warenz sind rar. Die erste dauerhafte Siedlung wird Elbslawen zugeschrieben. Bisher gelang jedoch keine klare Zuordnung zu den Abodriten, die ab dem 8. Jahrhundert entlang der südlichen Festlandküste ansässig waren.

In seinen Notizen zur *Gesta Hammaburgensis ecclesiae pontificum* erwähnt Adam von Bremen ein wendisches Inselvölkchen, welches vorm Allmächtigen Herrn die Knie durchaus nicht beugen wolle, wohl aber mit Dämonen und Götzen in vertrautem Umgang stehe. Es siedle im äußersten Norden der Insel bei einer Wallburg, die zur Abwehr wohlgerüsteter Nordmänner, kurländischer Drachen, riphäischer Amazonen und Hundsköpfiger diene.

Ob diese Slawenburg nach der Erstürmung durch den dänischen König Waldemar I. im Jahr 1163 geschleift oder wenig später bei einem der verheerenden Küstenabbrüche ins Meer gerissen wurde, ist jedoch nicht überliefert.

Brutstätte, 1903 ff.

Hugo Spilhaus, der das wiedererrichtete Inselgehöft gepachtet und die Scheune in eine Herberge umgewandelt hatte, versuchte, dem Warenzer Findlingskreis den Namen *Drachengelege* anzuhängen: Bei den vier vermeintlichen Irrblöcken handele es sich in Wirklichkeit um die Eier des letzten mecklenburgischen Drachenweibchens. Als Tsmija vom Drachenschlächter Warjan zur Strecke gebracht worden sei, habe sich ihr bitter-blaues Blut über das Gelege ergossen und schütze, zu einer steinharten Kruste erstarrt, seither die Brut.

Dass Spilhaus mit seinem Unterfangen nicht gänzlich erfolglos blieb, zeigen Fahrtenbücher und Fotoalben von Wandervögeln aus Lübeck und Wolgast: Mehrere Sommer in Folge versuchten die Jugendlichen, das Gelege auszubrüten, indem sie in dessen Mitte Lagerfeuer entfachten oder gemeinsam die vier Dracheneier erklommen, um sie mit ihren Hintern zu wärmen.

Palmsonntag, 1942

Kurz vor Mitternacht brach aus Südwesten eine trügerische Dämmerung über die Mecklenburger Bucht herein. Zwei Lerchen sträubten die Scheitelfedern und flogen mit lang gezogenem *trii* von ihren Brutplätzen auf. Das zarte Zirpen der beiden Männchen steigerte sich zu minutenlangem Tirilieren mit immer verwegener aufsteigenden Portamentos und mit melodischen Variationen, in denen bisweilen Lachmöwenrufe und Ohrwürmer von Zarah Leander anklangen.

Auf der kleinen Anhöhe, an der sich die Reviere der beiden Brutpaare überschnitten, stand die Warenzer Flakmannschaft und glotzte gebannt auf den lichterlohen Horizont.

Puzzle, 2013

— Ist denn überhaupt irgendetwas *gewöhnlich,* wenn gerade ein Staat untergeht? Einiges kann man wohl bloß als Kurzschlusshandlung bezeichnen. Und manches war schlicht der Zeitnot geschuldet. Die wussten ja aus eigener Erfahrung, dass man zerrissene Unterlagen in Fleißarbeit wieder zusammensetzen konnte. Hundertprozentig sicher waren nur die Papiermühlen, mit denen die gehäckselten Unterlagen zu Brei verkollert wurden. Aber das hätte Monate gedauert. Wir reden hier von mehr als dreitausend laufenden Aktenmetern allein im Bezirk Rostock, darunter bergeweise hochbrisantes Material. Aus Sicht der Staatssicherheit stand ja der Klassenfeind vor der Tür. Um schneller voranzukommen, stopften die alles, was gerade im Umlauf war, in Reißwölfe oder zerrissen ihre Aufzeichnungen mit bloßen Händen und verbrannten die Schnipsel. Aber der Rauch lockte die hiesigen Bürgerrechtler an, und bei der Besetzung der Bezirksverwaltung wurden dann auch säckeweise Schnipsel sichergestellt. Die haben wir mittlerweile zur Rekonstruktion geschickt. Wir reden hier allerdings von Abermillionen mürben Streifen und vergilbten Fitzelchen. Die sollen demnächst vollautomatisch gescannt und von Computern sortiert werden. Und erst dann, wenn sämtliche Teile zusammengesetzt sind, wird sich mit Bestimmtheit feststellen lassen, ob die Akte *Lederer* wirklich unwiderruflich verloren ist.

Inventur, 1926

Von ihrem eigenen Schnarchen geweckt, kroch Talea im Morgengrauen aus dem Zelt. Rucksack und Botanisierbüchse hatte sie wohlweislich am Vorabend zurechtgelegt, und so konnte sie aufbrechen, ohne Max zu wecken. Der Küstennebel zog sich bereits über die Wiese gen Westufer zurück, ließ *Süßgräser, Sauerampfer, Schwalbenwurz* und *Spitzwegerich* feucht glänzend zurück. An den vier Findlingen schreckte Talea zwei Ornithologen auf, die überaus gewagt in Stellung gegangen waren, und am Feuersteinfeld beobachtete sie gegen Mittag zwei liebestolle Kreuzottern beim Kommentkampf.

Entlang des Sandweges und am Feuersteinfeld vermerkte sie *Besenheide, Doldiges Habichtskraut, Huflattich, Kopfbinse, Scharfen Mauerpfeffer, Steinbrech, Mondraute* und *Weißklee*. Oberhalb des Badestrandes und am Ostufer kamen *Kriechweiden, Röhrkohl, Silbergras, Salzmiere, Strandbeifuß, Strandweizen, Meersenf, Milchkraut* und *Mannstreu* hinzu. Hinter den Dünen standen vom Wind geschorene *Weißkiefern*, unter denen *Kartoffelrosen* wucherten – die Taleas Bestimmungsbuch als asiatischer Herkunft enttarnte. An der Westspitze der Insel blühten auch einige *Sanddornsträucher* und *Schlehen*, doch statt Pollenduft stiegen ihr faulige Gase in die Nase, deren Ursprung sie lieber nicht erkunden wollte.

Im Warenzer Wäldchen wuchsen ausschließlich *Rotbuchen*. Die übrigen Bäume auf der Insel ließen sich problemlos abzählen: Eine *Silberweide* tunkte ihre trauernden Zweige in den Löschteich. Im Garten hinter der Herberge standen neben vier *Nordkirschen* und zwei *Großen Prinzessinnen* ein *Fürst Bismarck*, ein *Fürst Blücher*, zwei *Kaiser Wilhelm*, ein *Graf Moltke* und, völlig aus der Art geschlagen, ein *Kleiner Gelbroter Spilling*. Vorm Tor des ritterlichen Gehöfts war 1888 für jeden deutschen Kaiser eine *Stieleiche* gepflanzt worden; die übrigen acht Eichen, die im Kreis um die Findlinge wuchsen, mochten erst um die Jahrhundertwende hinzugekommen sein.

Als Talea am Nachmittag zum Zelt zurückkehrte, hatte Max bereits Bekanntschaft mit den beiden freizügigen Ornithologen geschlossen und arrangierte mit ihnen ein vielversprechendes Tableau.

Ungereimtheiten, 2025

— So dreh ich das auf keinen Fall!

— Aber wir haben alles eins zu eins wie auf den historischen Aufnahmen hergerichtet.

— Jetzt erklär mir bitte mal, wie das Blut dort rübergekommen sein soll, wenn er hier saß, als er sich erschossen hat?

— Schau's dir an! Hier auf dem anderen Foto, das Georg aus der alten Polizeiakte geangelt hat.

— Ich weiß nicht. Das könnten auch Schattenflecke sein. Die Eichen waren damals ja bestimmt noch lichter.

— Dann hätte die Sonne aber im Norden stehen müssen.

— Was, wenn er zur Seite gesackt ist und die Spurensicherung ihn an den falschen Hinkelstein gelehnt hat?

— Oder er hatte den Kopf so zur Seite gedreht, als er abgedrückt hat. Nein, warte, so. Er war ja Linkshänder.

— Vielleicht sollte's auch wie bei Kleist und der Henriette Dingsda laufen. Bloß, dass Talea dann am Ende gekniffen hat.

— Jaa, klar. Und Schuldgefühle legten sich wie ein Schatten über das Schaffen der aufstrebenden Künstlerin.

— Dit kannste vajessen. Dit spiel ick nich!

— Jetzt warte doch, Nora.

— Lass sie ruhig erst mal durchatmen.

— Also ich find's genauso unsäglich. Am Ende hätte Talea sich die Hürden dann alle selbst in den Weg gestellt? Na danke auch.

Rückwirkende Heimholung, 1938

Heringsgraue Bugwellen schwappten über die Buhnen hinweg, brachen erst am Landungssteg. Nachdem der Lotsenkutter beigelegt hatte, schwankten drei Männer an Land.

Hermann legte die Netznadel beiseite und wies dem Besuch seines Vaters den Weg zur Grabungsstätte. Während Emeritus Callenberg den fachlich unbeleckten Berichterstatter vom *Niederdeutschen Beobachter* auf die mögliche Tragweite des angezeigten Fundes einstimmte, scharwenzelte der Schriftführer des *Vereins für mecklenburgische Geschichte und Altertumskunde* mit einem Sonnenschirm um den betagten Prähistoriker herum. Die Getränke, die im Schatten der Findlinge bereitstanden, würden laut Callenberg noch warten können.

Als sie zu Spilhaus in die Sondierungsgrube hinabstiegen, deutete dieser mit einem Pinsel auf die Spiralfibel und die bronzenen Speerspitzen, die er bereits am Vortag wieder ans Tageslicht gebracht hatte. Er bat, das werte Augenmerk auf die eingravierten Runen zu richten.

Heimatkundliche Broschüre, Seite 4

[...] Auch hier half schließlich die Radiokarbondatierung: Mit dem Bau des Gehöfts lässt sich ab 1377 wieder eine permanente Besiedlung der Insel nachweisen. Mangels urkundlicher Belege bleibt jedoch ungewiss, wann genau Warenz an die Ritter von Oertzen ging. Das Lehnsgut, das ihre Besitzungen am Salzhaff vorteilhaft ergänzte, dürfte aber mindestens zweieinhalb Jahrhunderte lang zum Wohlstand derer von Oertzen beigetragen haben.

[*Fehlerhafte Kopie: unlesbarer Teilsatz*], dass die Verwüstungen des Dreißigjährigen Krieges spurlos an Warenz vorübergingen, und lässt sich allem Anschein nach auf die Nachlässigkeit eines schwedischen Kriegskartenzeichners zurückführen. Einmal südlich der Ostsee sesshaft geworden, blieb der neuen Obrigkeit die florierende Meierei jedoch nicht dauerhaft verborgen. Der königlich schwedische Kommandant von Wismar, Obrist Ulfsparre, ergänzte 1642 eigenhändig seinen Seeatlas und brachte bei dieser Gelegenheit eine Mätresse in guter Hoffnung auf Warenz unter. Aus dieser Zeit rührten umfangreiche bauliche Erweiterungen des Gehöfts. Im Westfälischen Frieden trat Schweden die Insel jedoch an das Herzogtum Mecklenburg-Schwerin ab, woraufhin Ulfsparre kurzerhand die südöstlich gelegene Halbinsel Wustrow erwarb.

Ferienobjekt »Eiserner Feliks«, 1952

Staatssekretär Ackermann wollte sich nicht lumpen lassen. Zur Feier der Übergabe des sowjetischen Sperrgebietes an das *Institut für wirtschaftswissenschaftliche Forschung* hatte sein Stab ein ganztägiges Freundschaftsfest organisieren müssen. Für die Führungsoffiziere der Baltischen Flotte, die Kollegen vom MGB und einige handverlesene Mitarbeiter des Außenpolitischen Nachrichtendienstes stand ein üppiges Büfett bereit. Vom Landungssteg bis zum Inselgehöft hingen waffenbrüderlich gemischte Wimpel. Dem vielversprechenden Nachwuchskader Lederer war es mit seinem Trupp gelungen, am Vortag eine wettkampftaugliche Kegelbahn aus dem Boden zu stampfen – die, wie erwartet, auch bei den sowjetischen Freunden hervorragend ankam. Nach einer unglücklichen Rempelei erklärte sich das Aufgebot der DDR zu einem Spielabbruch bei Unentschieden bereit.

Ein Kutter der Grenzpolizei führte nach dem Frühschoppen weitere Fässer der *Rostocker Brauerei* und ein Wildschwein am Spieß zur Insel heran. Im Gegenzug stellte die sowjetische Küstenartillerie der Garnison Wustrow ihre Fähigkeiten bei der Bekämpfung beweglicher Ziele zur Schau, indem sie von Marinefliegern gezogene Luftsäcke wie Morsestreifen durchlöcherte: ··· – ·– ·–·· ·· –· usw.

Angespornt von derlei Virtuosität erlegten die Feiernden bis zum Sonnenuntergang 47 Silbermöwen, 19 Trauerenten, zwei Kampfläufer und einen republikflüchtigen Schwimmring.

Nebenschauplatz, 2026

Bereits auf dem roten Teppich zog Nora Vermehren einen Großteil der Aufmerksamkeit auf sich. Aber nicht nur ihr Abendkleid, auch ihre Schlüsselszene fand bei der Kritik fast ausschließlich Lob: Ihre kongeniale Verkörperung der Talea Aub, die es nicht über sich bringt, Maximilian Krak in den Freitod zu folgen, evoziere unter minimalem Einsatz mimischer Muskulatur das Abgleiten in eine Depression.

Die Inspiration zu dieser Interpretation sei ihr auf Warenz zugeflogen. Der Originalschauplatz habe eine ganz besondere Aura, erklärte Vermehren nach der Preisverleihung; im Kraftfeld des Hünengrabs habe sie sofort gespürt, dass sie die Rolle nur so und nicht anders anlegen könne.

Zeitzeugnis, 2012

— Nee, vom Wernfried Lederer war meines Wissens nie die Rede. Die Kripo war ja fest überzeugt, dass es jemand von der Insel gewesen sein musste. Also jemand vom Personal. Ne Zeitlang hatt'n sie auch den Sohn von der Engelkens im Visier, aber dann stellte sich raus, dass der …, ich weiß nich mehr, irgendwas stellte sich auf jeden Fall raus, und dann konnte er's nich gewesen sein.

Blinde Flecken

Herber Duft von ausgedörrtem Tang und Kien lag in der Luft. Auf den vier Findlingen sonnten sich Dutzende *Feurige Perlmuttfalter.* Die automatische Messstation am Kap Stribog registrierte am Neujahrstag eine Mittagstemperatur von 21° Celsius. Doch weder meteorologische noch seismologische Sensoren erfassten, dass die Tagfalter aufstoben, als sich auf den Basaltbrocken tiefe Haarrisse ausbreiteten.

K

Der Sprachwissenschaftler Aleksej Timofejewitsch Koschjelkin war fähig und zielstrebig. Von der Erforschung des Waka-Jawakanischen konnte ihn weder der heftige Monsun abhalten, noch trank er den Sud, mit dessen Hilfe die Ureinwohner tagelang ins Herz der Dinge blickten.

Koschjelkin wurde von beiden Stämmen geduldet und hatte daher Zugang zu allen 193 Muttersprachlern. Er war der erste und einzige Fremde auf dem abgeschiedenen Eiland und wurde von den Waka *Mondhaupt* genannt. Morgen um Morgen kam er mit Strohhut und einer in Ölzeug eingeschlagenen Kladde aus seinem Zelt, um sich entweder den Hütten am Westufer (Waka) oder jenen im Inneren des Eilandes (Jawaka) zuzuwenden. Die Mittagsstunden verbrachte er stets im Schatten, wobei er Wortstrukturen und Satzbau analysierte. Er kämpfte mit Tee und klaren Tageszielen gegen die Tropenträgheit an. Bei Einbruch der Nacht verstaute er seine Unterlagen in einem verzinkten Deckelfass, das, wie seine gesamte Ausrüstung, mit den Initialen der Staatlichen Universität Leningrad (ЛГУ) beschriftet war.

Zwei Jahre nach seiner Ankunft auf dem Eiland beherrschte Koschjelkin die Sprache der Ureinwohner fließend und wusste ihre beiden Dialekte sicher zu unterscheiden. Die Feldforschung war, so notierte er am 1. Mai 1942 in seinem

Tagebuch, »fristgemäß abgeschlossen«[1]. Er suchte nun allmorgendlich den Horizont nach der *Mikoyan* ab, hielt sich zur Einschiffung bereit. Gleichwohl drängten die Waka ihn weiterhin dazu, bei Neumond mit seiner Petroleumlampe auf einen Mangrovenbaum zu klettern, um Fliegende Fische in ihre Netze zu locken. Anhand der Anweisungen, die sie hierbei zu geben pflegten, hatte Koschjelkin die Bildung des Imperativs durch Wakanische Suffixe erörtert.

Auch mit der Reinschrift seiner *Grammatik*, die er ursprünglich während der Rückfahrt hatte besorgen wollen, kam er zügig voran. Zu zügig, fürchtete Koschjelkin, als er das vorletzte Kapitel erreichte – doch eine weitere Verringerung des Tagespensums kam für ihn nicht in Betracht, da er sich ohnehin unterfordert fühlte.

•

Das Einzige, was Koschjelkin in jenen Monaten von der Außenwelt zu Gesicht bekam, war »ein wuchtiges Wasserflugzeug unbekannter Herkunft«, das bei einem der vorgelagerten Atolle landete. Es flog jedoch weiter, bevor er einen Einbaum zu Wasser bringen konnte. Gleichwohl deutete Koschjelkin diese Sichtung als Anzeichen dafür, dass »die Dinge allmählich wieder in Fluss«[2] kamen.

Der sowjetische Frachter *Mikoyan*, der ihn hatte an Bord nehmen sollen, war zu diesem Zeitpunkt bereits von einem japanischen U-Boot versenkt worden. Während Koschjelkin weiter geduldig wartete, wurden alle Unterlagen zur For-

1 Aleksej T. Koschjelkin, *Дневник 1939–1981,* handschriftliches Manuskript: Archiv der Philologischen Fakultät der Staatlichen Universität Sankt Petersburg, S. 89.

2 Ebd., S. 92.

schungsreise des jungen Sprachwissenschaftlers durch Artilleriebeschuss auf das Verwaltungsgebäude seiner Alma Mater (ЛГУ) vernichtet. Nachdem seine Eltern, sein Doktorvater sowie die meisten seiner Kommilitonen im belagerten Leningrad verhungert oder erfroren waren, fragte niemand mehr nach Aleksej Timofejewitsch Koschjelkin. Er war, wie die Waka-Jawaka, »ein Stück weit aus der Geschichte gefallen«.[3]

Um weiterhin seine Pflichten beim Fangen der Fliegenden Fische erfüllen zu können, musste Koschjelkin das Petroleum und den verbliebenen Docht streng rationieren. Der Teevorrat war bereits erschöpft, und sein zerschlissenes Zelt würde der kommenden Regenperiode nicht standhalten können. Nachdem er eine Unterkunft nach dem Vorbild der Jawakanischen Rundhütte errichtet hatte, suchte Koschjelkin sich neue Ziele. Mangels Bibliothek war weder eine Vergleichsstudie des Waka-Jawakanischen mit anderen alten asiatischen Sprachen realisierbar, noch dessen Rückführung auf eine gemeinsame Ursprache. Daher entschloss er sich, eine künstliche Sprache zu entwickeln und deren Grammatik zu verfassen. Dieses Projekt sollte seinen linguistischen Sachverstand wachhalten und »Inseln der Sinnhaftigkeit in der zäh verrinnenden Wartezeit«[4] hervorbringen. Sein Tagebuch lässt keine Rückschlüsse darauf zu, ob er jemals den psychotropen Sud der Jawaka konsumierte – fest steht jedoch, dass seine Plansprache es nicht nur ermöglichen sollte, »unmißverständlich die Alltagswirklichkeit und jedwedes philosophische Konzept [zu] beschreiben«[5], sondern auch »Einblicke ins Herz der

3 Ebd., S. 94.
4 Ebd., S. 101.

Dinge adäquat wieder[zu]geben«[6]. Koschjelkin setzte sich klare Tages-, Wochen- und Monatsziele.

Im November 1944 hörte er Detonationen in der Ferne und sah tagelang tiefschwarzen Rauch über dem Horizont aufsteigen. Kaum hatten sich die Schwaden verzogen, konzentrierte er sich wieder auf seine Schöpfung.

•

Ihre erste öffentliche Erwähnung fand die Plansprache K in der 2007 erschienenen *Grammatik des Waka-Jawakanischen*. Diese war Teil einer Jubiläumsreihe der Sankt Petersburger Philologischen Fakultät, zu deren Herausgabe sich Dr. Leonid Arkadjewitsch Lalikow hatte verpflichten lassen. Der junge wissenschaftliche Mitarbeiter, der sich in einem Gemeinschaftsbüro einen Schreibtisch mit zwei Kollegen teilen musste, nutzte jede Möglichkeit sich zu profilieren.

Im Vorwort der Grammatik berichtet Dr. Lalikow von einem kleinen, mit kyrillischen Initialen beschrifteten Deckelfass: Eine greise Jawaka habe es indischen Marinepiloten übergeben, als diese nach dem Tsunami im Dezember 2004 die Leichen der ertrunkenen Waka bargen. Am Ende einer einjährigen Odyssee durch indische Amtsstuben und Abstellräume sei das Fass beim Russischen Konsul in Mumbai gelandet. Dessen Mitarbeiter identifizierten die Staatliche

5 Zitiert nach Leonid A. Lalikows Vorwort zu: Aleksej T. Koschjelkin, *Грамматика языка вакаявака*, Sankt Petersburg: Prospekt Nauki (2008), S. 8.

6 Ebenda.

Universität Sankt Petersburg (СПбГУ) als rechtmäßigen Eigentümer.

In dem Fass befanden sich neben dem druckfertigen Manuskript und einem Tagebuch fünf durchnummerierte Kladden. Auf insgesamt 481 eng beschriebenen Seiten habe Koschjelkin die Grammatik und den Grundwortschatz einer komplexen künstlichen Sprache entwickelt – viel mehr gab Dr. Lalikow an dieser Stelle nicht preis, stellte allerdings eine kritische Ausgabe aller Aufzeichnungen zur Plansprache К in Aussicht.

Diese ließ noch immer auf sich warten, als das populärwissenschaftliche Magazin *Kogniterra*[7] im Juli 2008 über Koschjelkins Kunstsprache berichtete: Diese zeichne sich durch eine Effizienz aus, die alle bisher bekannten natürlichen und künstlichen Sprachen weit übertreffe. Nach Dr. Lalikows Schätzung sei mit К – bei vollständiger Beherrschung – eine Beschleunigung der Denkprozesse um das Zwei- bis Dreifache zu erwarten.

In den folgenden Wochen sah sich die Redaktion der *Kogniterra* einer Leserbriefschwemme ausgesetzt: Neben vereinzelten Hinweisen auf altbekannte Kritikpunkte zur Sapir-Whorf-Hypothese und zum Heinlein-Koeffizienten, der den Berechnungen der erreichbaren Denkgeschwindigkeit zugrunde lag, fanden sich zahlreiche Bitten um ausführlichere Informationen sowie um persönlichen Kontakt zum Autor des Artikels. Mehrere Abonnenten forderten die Redaktion dazu auf, alsbald Lernmaterialien zu der Plansprache bereitzustellen. Ein anonymer Major a. D. hingegen drängte darauf, jegliche Details aus Gründen der nationa-

7 Leonid A. Lalikow, »Будущее мышления« [Zukunft des Denkens], in: *Когнитерра* (Juli 2009), Jg. 17, Nr. 3, S. 32–34.

len Sicherheit unter Verschluss zu halten und auf Anweisungen zu warten – er habe seine ehemalige Dienststelle bereits über K in Kenntnis gesetzt.

In der nachfolgenden Ausgabe der *Kogniterra* spekulierte der bulgarische Neuroinformatiker Dragan Radew darüber, ob Aleksej Koschjelkin in den Jahrzehnten des Wartens womöglich verrückt geworden sei. Sofern dies zutreffe, sei dessen konstruierte Sprache beinahe zwangsläufig mit »psychoaktivem Schadcode«[8] kontaminiert. Dieser werde umso stärker auf das Denken übergreifen, je umfassender man K beherrsche, warnte Radew.

Sein rumänischer Rivale, Professor Brătescu, wies diese Hypothese in einem Gespräch mit dem Chefredakteur der *Kogniterra* als »vollkommen haltlos«[9] zurück. Darüber hinaus mahnte Brătescu eine kritischere Sicht auf Dr. Lalikows Berechnungen an: Bei einer weniger konservativen Handhabung der Heinlein-Faktoren könne von K durchaus eine vierfache Beschleunigung der Denkprozesse erwartet werden.

Dem wollte Dr. Lalikow keinesfalls widersprechen.

•

Beflügelt durch den Erfolg seiner *Einführung in K* richtete Professor Lalikow seit 2010 regelmäßig Privatkurse aus. Den Teilnehmern standen jeweils russische und englische Unterrichtsmodule zur Auswahl; darüber hinaus stellte

8 Dragan Radew, »Опасное мышление« [Gefährliches Denken], in: *Когнитерра* (Oktober 2009), Jg. 17, Nr. 4, S. 12-13.

9 Interview mit Victor Brătescu, in: *Когнитерра* (Januar 2010), Jg. 18, Nr. 1, S. 5.

Lalikow Übungsmaterialien in elf weiteren Sprachen zur Verfügung. Mit Rückendeckung des Rektorats der СПбГУ konnte er die Originalaufzeichnungen zu K konsequent unter Verschluss halten – musste im Gegenzug allerdings eine Beteiligung an all seinen Erlösen einräumen. An der Philologischen Fakultät hieß es hinter kaum vorgehaltener Hand, der Umfang von Lalikows Lektionen orientiere sich stärker an dessen Gewinnmarge als am Lernergebnis der Schüler. Derlei Nachrede keine Beachtung zu schenken, fiel Lalikow angesichts des anhaltenden Zuspruches leicht: Seine Klientel wusste sowohl den exklusiven Lehrstoff als auch die luxuriöse Lernatmosphäre an der Schwarzmeerküste zu schätzen. Professor Lalikow selbst sah sich bereits nach einem ufernahen Baugrundstück für eine Datscha um.

Seit Samira Taleb an seinem Lernprogramm teilnahm, geriet Lalikow jedoch zunehmend in Bedrängnis. Die kanadische Softwareentwicklerin, die neben acht natürlichen Sprachen auch Esperanto und Lojban fließend beherrschte, erfasste K völlig mühelos. Sie war die Einzige, der es gelang, sich ohne Wiederholung einer Lernstufe für den *Fortgeschrittenenkurs IV* zu qualifizieren. Ihren Fähigkeiten im aktiven Gebrauch der Plansprache war Lalikow bald nur noch um wenige Lektionen voraus. Meldete sich die Kanadierin im Unterricht zu Wort, befürchtete er mittlerweile jedes Mal, sie wolle ihn auf eine falsche Affigierung hinweisen. Um seinen Vorsprung noch während des laufenden Kurses ausbauen zu können, ließ er sich die Mahlzeiten auf seinem Zimmer servieren und memorierte Nacht um Nacht Morpheme und syntaktische Regeln, die er ursprünglich für spätere Spezialkurse zurückgestellt hatte. Es dauerte nicht lang, bis Gerüchte über den Gesundheitszustand von Professor Lalikow in Umlauf kamen.

•

Die Etagenkellnerin räumte gerade das Abendessen ab, als Samira Taleb ungebeten ins Zimmer des Professors trat und ihn bat, er möge sie hinaus auf den Balkon begleiten. Lalikow breitete eilig ein Badetuch über seine offenliegenden Unterlagen, ehe er sich neben Taleb an die Brüstung lehnte. Auf ihre Frage hin erklärte Lalikow, dass er, nein, nichts Ungewöhnliches bemerke. Die Kanadierin deutete daraufhin zum Meer hinab – auf die Wellen, deren schaumige Kämme von der Uferbeleuchtung hervorgehoben wurden. Ihr selbstsicheres Insistieren irritierte Lalikow: Er kniff die Lider zusammen und konzentrierte sich auf die Wellenmuster. Als seine Augen zu tränen begannen, verschwammen die Muster.

»Mir ist nicht klar, worauf Sie hinauswollen«, sagte Lalikow. »Die Sirenen singen wohl nicht für mich.«

»Aber Sie kennen doch jedes ihrer Worte«, erwiderte Taleb. »Ich dachte, jeder, der dieses Sprachniveau erreicht, beginnt *das alles* zu verstehen. Als wäre ein Vorhang beiseite gezogen worden?«

Lalikow wandte sich ab. Um Fassung bemüht, bot er Taleb ein Glas Wein an, doch die Kanadierin wollte nicht länger bleiben, entschuldigte sich für die späte Störung. Kaum hatte sie sein Zimmer verlassen, ging Lalikow zurück auf den Balkon. Er bildete sämtliche Morphemverbindungen, mit denen sich der Widerschein auf dem Wasser sowie sein eigener suchender Blick beschreiben ließen, sank schließlich erschöpft auf den Sonnenstuhl nieder.

In jener Nacht träumte Leonid Lalikow das erste Mal auf K.

Zone des Schweigens

Beispiel: Bleib nicht stehen. Setz dich
auf das MEER, damit wir reden können!
Eine AUTOBAHN ist ein sehr starker Wind.

— Giorgos Lanthimos & Efthymis Filippou, *Kynodontas*

Der unstete Charakter der Sprache
bestimmte das Leben auf der Insel. [...]
Nur das Schweigen ist beständig ...

— Ricardo Piglia, *La Isla de Finnegans*

138 dB

—?«, steif aus West wehender Wind zerfetzte ihre Frage. Álvaro, der neben Agnieszka an der Reling lehnte, nickte dennoch. Er reichte ihr sein Fernglas und deutete südostwärts, wo einst ein Gletscher die Steilküste gekerbt und ein Geschiebefeld zurückgelassen hatte. Auf dem steinigen Strand, der mit gefrorener Gischt glasiert war, stach ein rostbrauner Fleck hervor. Als Agnieszka die Sehschärfe des Fernglases anpasste, trennten sich weitere Farbnuancen, und sie erkannte über dem blutüberströmten Seeelefanten eine in Pelz gehüllte menschliche Gestalt. Der Jäger, der seine Beute mit Beil und Speckmesser zerlegte, schien die in die Bucht einlaufende *Hesperides* noch nicht bemerkt zu haben.

Álvaro drehte sich zur Brücke um und reckte seine Linke in die Höhe. Dann ballte er die Hand, als griffe er eine imaginäre Leine, und zog diese bis zur Schulter herab. Das ohrenbetäubende Hornsignal, das der Zweite Offizier daraufhin absetzte, hallte von den schrundigen Kliffen der subantarktischen Insel wider. Vom Funkmast aufgeschreckte Sturmvögel schraubten sich schreiend in die Lüfte. Die Pinguine auf der Nehrung streckten ihre Schnäbel nach oben und zischten streitlustig. Der Jäger aber zeigte keinerlei Reaktion – kurzum: Sie waren an ihrem Ziel angelangt.

Land ahoy! Anno 1773

Anstelle der ausgerufenen Küste bekam Captain Cook nur Wassertröpfchen vor die Linse. Überdies hielten ihn tückische Strömungen und mehrere, aus den milchigen Schwaden auftauchende Eisberge davon ab, die unbekannte Insel zu erkunden, die Sparrman in einer Nebellücke gesichtet hatte. Cook schob sein Teleskop ins Futteral und befahl, die *Resolution* zurück auf Kurs zu bringen.

Da er Sparrman aufs Wort vertraute, spitzte er trotz alledem einen Federkiel und notierte im Logbuch, der Schwede habe um die elfte Stunde mit bloßem Auge auf Steuerbord das schroffe Gestade eines Eilandes ausgemacht. Als zusätzliches Zeugnis nahen Ufers führte Cook mehrere halbwüchsige Pinguine an, die unweit des Schiffes jagten und von seinen scharfäugigen Bordbiologen als *Aptenodytes antarctica* bestimmt worden waren.

Agnieszka Kozłowska, B.A.
Nie war es ihr gelungen, tanzend mit Bienen zu kommunizieren: Waren Sechsjährige dazu schlichtweg außer Stande, oder fehlte es ihr bloß an einer Botschaft, mit der sie das Interesse der Insekten hätte wecken können?

Allem Anschein nach hatte Agnieszka aus diesem Scheitern einige richtige Schlüsse gezogen. Mittlerweile beherrschte sie die Amerikanische Gebärdensprache ebenso flüssig wie die Polnische. Eine mit Auszeichnungen bedachte Bachelorarbeit ebnete ihr die verbliebene Strecke zum erträumten Auslandsstudium in Übersee. Mit der Lingua franca der Prärieindianer würde sie dort erstmals eine akut bedrohte Gebärdensprache lernen.

Viele hielten Agnieszka für eine Streberin. Sie las weit mehr als nur die Pflichtlektüre und kannte sogar einige Bücher ihrer Dozenten, die längst aus deren Bibliografien verschwunden waren. Überdies wilderte sie in den Lesesälen anderer Fakultäten und beim Fußballtraining. Ihre Kommilitoninnen rollten mit den Augen und meinten, Agnes sei ja so was von *europäisch*. Dem hätte sie, wäre es ihr je zu Ohren gekommen, bestimmt nicht widersprochen: Immerhin war sie eine waschechte Polin. Zwar stammten ihre Ahnen mütterlicherseits aus Armenien, aber seit dem Mittelalter war mehr als reichlich Wasser die Weichsel hinabgeflossen.

Semafor
Nach stundenlangem Pauken eilte Agnieszka vom Lesesaal in den Freihandbereich. Dort stellte sie sich aufrecht zwischen zwei Regalreihen und reckte ihre Arme bald beidseits aufwärts, bald nach unten, dann schräg abwärts und

waagerecht zur Seite. Ein Hausmeister glaubte, in ihren Bewegungen Zeichenfolgen der optischen Telegrafie zu erkennen. Doch obwohl er das Signalalphabet in seinen goldenen Jahren bei der Beach Patrol verinnerlicht hatte und die Armstellungen auch ohne Flaggen unverkennbar waren, verstand er partout nicht, was die Studentin winkerte: musisz twoje zycie zmienic?

Bereits altägyptische Feldherren wussten ihre Truppen mittels Standarten und Trompeten aus der Ferne zu lenken. Etwa dreieinhalb Jahrtausende später stutzte die Royal Navy den Sémaphore eines gewissen Abbé Chappe zurecht: Vom Telegrafenturm mit schwenkbaren Signalarmen blieben zwei handliche Flaggen – womit auch zu hoher See buchstabengetreue Befehlsübermittlung in Echtzeit möglich wurde. Das Winkern war nicht ganz ungefährlich, mussten doch Signalmatrosen in die Webleinen aufentern, um weithin sichtbar zu sein. Dort oben bei schwerer See säuberlich Zeichen zu setzen, erforderte neben Drill und strapazierfähigem Magen auch außergewöhnliche Körperspannung: Deshalb standen abgeheuerte Signalmatrosen in Turnvereinen und Hafenbordellen hoch im Kurs.

Agnieszkas Tutor regte an, die eine oder andere Fußnote ihres Essays zu streichen. Dass Ryan diesem Vorschlag beipflichten könnte, hätte sie noch am Vorabend für unmöglich gehalten. Daraus zog sie allerdings nicht sofort die richtigen Schlüsse: Sie würde noch weitere zwei Jahre mit ihm schlafen, ja, sogar mit ihm zusammenziehen.

Toponymik

Damit betraut, Nützliches aus ergatterten Expeditionsberichten zu extrahieren, hielten es die Kartografen des Secrétariat d'État de la Marine in Anbetracht der äußerst dürftigen Faktenlage für geboten, *Sparrman Island* auf ihren neuen Seekarten als *Île de Brouillard* zu verzeichnen.

Außerhalb der Frankofonie setzte sich jedoch die Erstbenennung durch – was, allem voran, auf das Renommee von James Cook und den Einfluss der Royal Society verweist. Denn tatsächlich mutet das umwölkte Küstenprofil, das Anders Sparrman in sein Reisejournal gezeichnet hatte, eher wie ein Argument für die französische Setzung an.

Andererseits war auch der nach Sparrman benannte Asteroid *16646* zum Zeitpunkt seiner Entdeckung nicht viel mehr als ein Schemen. Deutet sich hier ein Muster an?

Aus Agnieszka Kozłowskas Aufzeichnungen geht hervor, dass sie *Île de Brouillard* ebenfalls für den treffenderen Namen hielt. Von den 209 Tagen, die sie auf der Insel verbrachte, waren lediglich eineinhalb Wochen ungetrübt. Während der Wind immerfort Wolken oder eisige Nieselschleier gegen die Westküste trieb, hing in den beiden großen Leebuchten oft bis Nachmittag Nebel. Aus diesen Schwaden drang das gurgelnde Grunzen der Seeelefanten nur abgedämpft zum Forschungscamp herauf.

Hinterlassenschaften

Für die Hochzeiten des Walfangs sind fünf Landungen auf Sparrman Island belegt. Agnieszka war sich jedoch bewusst, dass diese Zeitspanne im Zusammenwirken mit subantarktischer Unwirtlichkeit und archivalischen Komplikationen zu Lücken geführt haben mochte.

Im Südsommer 1842 jagten Walfänger aus Massachusetts vor und auf der Insel. Sie hinterließen einen geborstenen Trankessel und haufenweise Pinguinasche. Außerdem bedachten sie einige Landmarken mit Namen. Bald darauf tauchten *Van Buren Hill, Harrison Glacier, Cape Pequod, Bay of Ill Fortune* und *Cockscomb Spit* bereits auf weiteren Seekarten auf. Dennoch blieben die Konturen der Insel weiterhin skizzenhaft.

Die Norweger, die im darauffolgenden Jahrzehnt in der Bay of Ill Fortune ankerten, nannten die Bucht *Gravlundvik.* Dieser Name sollte jedoch nicht am Gelände haften bleiben. Von Dauer erwies sich nur der norwegische Beitrag zur Fauna: Indem sie ihrem Speckschneidermaat eine Handvoll Heimaterde ins Grab nachwarfen, siedelten sie Trauermücken auf der Insel an.

Abbrüche

Bei ihrem letzten Streit hatte es so geklungen, als würde die Stimme ihrer Mutter von einem Wackelkontakt im transatlantischen Kabel zerhackt: »Bereits der bloße Gedanke ... fühlt sich an ... wie ein vernichtendes Urteil ... über mich ... und deine Kindheit. Habe ich dir denn ... nicht ... immer alles ermöglicht?«

Das habe sie, hatte Agnieszka geantwortet – doch als ihre Mutter kurz darauf Karol Wojtyła herbeizitierte, hatte sie grußlos aufgelegt.

Nach diesem Telefonat hatte sich Ryan auf die Seite ihrer Mutter geschlagen: Jenseits subjektiver Erwägungen müsse man wohl oder übel eingestehen, dass jedes Leben ein Geschenk sei. Seinen grundlegenden Sinneswandel unterbreitete er Agnieszka zur Unzeit. Wie sich herausstellte, passten ihre Habseligkeiten noch immer in einen Rollkoffer und eine Reisetasche. Der Weg bis zum nächsten Hotel zog sich jedoch weiter als gedacht.

An jenem Abend beobachtete ein Hobbyastronom, dessen Fokus gen Horizont verrutscht war, wie Agnieszka ihre Verspannungen löste: Sie reckte die Arme bald schräg aufwärts, bald waagerecht und schräg abwärts, dann wieder gen Boden und so fort.

Obwohl er als ehemaliger Seepfadfinder das Signalalphabet aus dem Effeff beherrschte, wurde er aus ihren Bewegungen nicht schlau. Deshalb legte er seinem früheren Fähnleinführer eine hochaufgelöste Fotosequenz vor. Gefragt, ob die Unbekannte eine Botschaft abgesetzt oder eine eigenwillige Choreografie einstudiert habe, entgegnete ihm dieser, er müsse sein Leben ändern.

Rote Liste

Am Rande einer ansonsten unerquicklichen Fachtagung wurde Dr. Agnieszka Kozłowska als Projektleiterin angeworben. Wider Erwarten hatten sich Geldmittel gefunden, weitere kritisch gefährdete Sprachen zu konservieren.

Einige der Sprachen, die Agnieszkas Arbeitsgruppe im Auftrag der UNESCO erfassen sollte, waren erst in den letzten Jahrzehnten entdeckt worden: Von Sfyria etwa hatte die Fachwelt erfahren, nachdem ein Sportflugzeug am Gipfel des Ochi zerschellt war. Das gepfiffene Griechisch, mit dem die dortigen Berghirten über die Köpfe von Fremden hinweg Warnungen, Tratsch und Liebesbotschaften austauschten, kam an den Gebirgshängen schneller voran als die Rettungsmannschaft. Und so staunte der Einsatzleiter nicht schlecht, als er in einem entlegenen Dorf namentlich angesprochen wurde und der erhoffte Lastenesel bereits mit Trauerflor geschmückt bereitstand.

Doch Landflucht und größer werdende Zahnlücken hatten der mehr als zweitausend Jahre alten Pfeifsprache seither merklich zugesetzt. Wer würde künftig noch verspannte Lippen riskieren, wenn Ferngespräche per Telefon so viel einfacher waren?

Auch die Hawaiische Gebärdensprache, die unter Abermillionen Augen bis ins Jahr 2013 inkognito geblieben war, lag bereits in den letzten Zügen, als Linguisten der University of Hawaiʻi auf sie aufmerksam wurden. Für Agnieszkas Forschungsgruppe hielt die aussterbende Sprache eine weitere Überraschung bereit. Wie sie bald herausarbeiten würden, waren zahlreiche auf Sparrman Island verwendete Gebärden mit den Hawaiischen verwandt. Und das, obwohl die Sprechergemeinden circa 15 000 Kilometer voneinander entfernt lebten.

Wie hatte es die Vorfahren der Sparrmanianer auf die entlegene Insel im Südpolarmeer verschlagen? Handelte es sich um Überlebende eines gescheiterten Walfängers? Waren sie womöglich nach einer Meuterei ausgesetzt worden? Oder sollten von Sturmsee gequälte Reisende willens gewesen sein, den Zielhafen ihres Klippers gegen diese unwirtliche Terra firma einzutauschen?

Hinterlassenschaften II

1869 erkundete Kapitän Soulanges, ob es sich bei der Île de Brouillard womöglich um eine Phantominsel handelte. Sie erwies sich dabei als trittfest genug, dass seine Männer dort tagelang Pinguine keulen konnten. Der Kapitän des Walfängers war jedoch nicht nur auf billigen Brennstoff aus, sondern auch auf Anerkennung. Beim Umsegeln der Insel zeichnete Soulanges einen Küstenumriss, der wenig mit dem hingetüpfelten Oval auf seiner Seekarte gemein hatte.

Die Kartografen der Marine impériale sträubten sich jedoch gegen die Zumutung, von einem québecischen Zivilisten belehrt zu werden. Ohnehin gedachte man in Paris, sich in naher Zukunft ein eigenes Bild zu machen und auf dem Weg zum Südpol noch die eine oder andere Trikolore einzupflanzen. Doch ehe die Planungen zu dieser Expedition ausgereift waren, ging das Französische Kaiserreich im Krieg gegen Preußen unter, und danach lagen andere Karten auf dem Tisch.

Hinterlassenschaften III

Im Südsommer 1938 kreuzte eine Flotte aus Hamburg im Eismeer, um die Fettlücke auf reichsdeutschen Vesperbroten zu schließen. Überdies loteten ihre Fangschiffe die Buchten einiger Inseln aus. Kapitän Strodthoff erklärte seinen Offizieren, ihr Mutterkonzern plane den Bau einer Walfangstation. Da sie jedoch ein hochmodernes Fabrikschiff begleiteten, das über Monate autark operieren konnte, klang dies wenig überzeugend. Binnen Kurzem zirkulierten Latrinenparolen über geheime Aufträge der Kriegsmarine.

Als sie Sparrman Island umrundeten, machte der Steuermann einen Weiler aus, der auf keiner Karte verzeichnet war. Kapitän Strodthoff schickte ein Ruderboot ans Ufer. Über das Zusammentreffen mit den Inselbewohnern gibt es keinen Eintrag im Logbuch. Allerdings ließ der Harpunier ein armlanges Flensmesser mit der Gravur der *Unitas Walfang GmbH* und einen Schneidezahn zurück.

Intermedium

Warum hatte sie sich überhaupt auf Rafał eingelassen? Vielleicht war es die Leichtigkeit, die sie befiel, nachdem sie ihre Einraumwohnung in Kraków gekündigt hatte? Oder das Hochgefühl, als sie beim probeweisen Packen des Seesacks feststellte, dass sie ihre Habseligkeiten nicht reduzieren müsste? Hatte sie sich treiben lassen, weil sie fernab im Südpolarmeer vorm enervierenden Nachspiel eines amourösen Fehlgriffs sicher wäre?

Bei ihrer Abreise aus Kraków hatte sie Rafał allerdings angeschaut, als müsste er längst wissen, dass sie zu ihm zurückkehren wollte. Noch während der Sicherheitskontrolle waren ihr Zweifel gekommen, ob ihre Signale unmissverständlich gewesen waren. Als sie im Duty-free-Shop vor einem Spiegel überprüfte, was sich von ihrem Blick ablesen ließ, wuchsen diese Zweifel weiter an.

Am Hafen von Cartagena war sie deshalb so fahrig gewesen, dass der Bordarzt sie zu einem weiteren Check-up einbestellte. Tausende Kilometer später, als das Forschungsschiff tagein, tagaus von heftigem Wellengang traktiert wurde, hatte die Seekrankheit vorübergehend jedem Zweifel und jeder begehrlichen Regung den Garaus gemacht. Doch nun, da die *Hesperides* vor Sparrman Island auf Reede lag, fühlte sich Agnieszka noch elender als zuvor.

Zwischenhalt

Woher auch immer seine Informationen stammten, Genosse Galkin hatte Recht behalten: Im Windschatten des Hügels befand sich tatsächlich eine dorfähnliche Siedlung. Der Sanitätsoffizier des sowjetischen Eisbrechers beglich seine Wettschuld ohne zu murren. Mittlerweile sah Nikolai Andrejewitsch sechs steinerne Häuschen und eine Baustelle oder Ruine, auf der ein Kind stand und aufgeregt gestikulierte: Grüßte es die Besatzung der *Ob* oder alarmierte es die anderen Inselbewohner?

Nikolai Andrejewitsch zählte achtunddreißig Sparrmanianer. Wie ihre Vorräte und Küchenabfälle zeigten, ernährten sie sich von Robben, Fischen, Eiern, Grünkohl und Seetang. Reich an Proteinen, Omega-3-Fettsäuren und Vitamin C ließ diese Diät anscheinend nur geringfügige Mangelerscheinungen aufkommen. Allerdings attestierte der Sanitätsoffizier allen Erwachsenen eine leichte Herzinsuffizienz – was zweifellos vom hohen Fettanteil der Nahrung herrühre. Seine medizinische Evaluation ergab zudem, dass einunddreißig Insulaner beidseitig taub waren; die Übrigen hochgradig schwerhörig: Worauf dies zurückzuführen sei, könne er ohne weitere Untersuchungen nicht seriös beurteilen.

Ungezählt vermerkten die sowjetischen Forscher Krabbenfresser, Seeelefanten, Schopf- und Langschwanzpinguine, Raubmöwen, Sturmvögel, Antipodenseeschwalben, eine fortan *Pseudoplutella brachypter* genannte kurzflüglige

Motte, Trauermücken, Pottwale und Stundenglasdelfine. Zudem sammelten sie mehrere Lebermoose, Antarktische Schmiele, Perlwurz, Büschelgras und Stachelnüsschen sowie Handstücke von Diabas, Porphyrit und Hyaloklastit.

Hinterlassenschaften IV

Die XIII. Antarktisexpedition der Sowjetunion verfeinerte das Kartenmaterial zu Sparrman Island mit Luftbildern und Messprofilen. Währenddessen sammelten zwei Landungstrupps weitere Proben und der Nautische Wachoffizier ließ Seezeichen errichten. Damit sollten nachkommende Schiffe der sowjetischen Forschungs- und Walfangflotte vor den *Grjasnyje Kamen* gewarnt werden: Die Felsrücken waren bei Flut kaum auszumachen, weil sich ihre von Vogelkot verfärbten Kämme nicht von Gischt und Eis unterscheiden ließen.

Genosse Galkin überreichte den Inselbewohnern im Namen der Völker der Sowjetunion einen Wimpel der XII. Antarktisexpedition und zwei Zentner Buchweizengrütze. Außerdem vermachte er ihnen seine Nagelschere.

Zurück auf der *Ob* beklagte ein Matrose den Diebstahl seines Klappmessers. Das Fehlen eines unsachgemäß unter seinem Rudersitz gelagerten Frostschutzmittels meldete er nicht.

Die jenseits des Gletschers liegende Hügelkette taucht im Expeditionsbericht erstmals als *Južnyje Leninskije Gory* auf, während die dorfähnliche Siedlung ganz profan *Sel'skij Naseljonnyj Punkt,* kurz SNP genannt wird.

Fünf Jahre später tauchte dieser *Punkt* in der Fußnote

eines wissenschaftlichen Sammelbandes auf. Darin wird auch erstmals eine lokale »noch näher zu beschreibende Gebärdensprache« erwähnt.

Luftbilder

Der Helikopter der *Hesperides* wurde wieder startklar gemacht. Dem Unwetter, das die Ausschiffung der Wohnmodule unterbrochen hatte, folgten ungewöhnlich milde Stunden. Der Wind flaute fast gänzlich ab. Da Proviant und Gepäck schneller als geplant zu Camp A gebracht werden konnten, blieb Zeit für einen Erkundungsflug: Dabei sollten die Forscher ihr Kartenmaterial mit den tatsächlichen Gegebenheiten abgleichen, um ein Gefühl für die Tücken der Insel zu bekommen.

Die Südlichen Leninberge, die auf der Karte zu Spaziergängen einluden, zeigten sich von Verwerfungen und gefährlich tiefen Rinnen zergliedert. Das Plateau westlich der Hügelkette war von runden Senken überzogen, in denen sich Schmelzwasser und Regen sammelte. In diesen Lachen seien die Ausscheidungen aller hier nistenden Skuas gelöst, warnte Irfan. Das mache die Brühe so ätzend, dass sie sich Jahr um Jahr tiefer ins Gestein fresse.

Sie drehten gen Norden ab. Der sanft zur Crapulence Cove abfallende Hang glich einem schwarz-grünen Labyrinth: Seeelefanten hatten das mannshohe Gras zwischen ihren Liegekuhlen und dem Strand niedergewalzt und so ein weitverzweigtes Wegenetz in der Wiesentundra geschaffen. Vorm Helikopter scheuten die Tiere ins Meer – nur der Strandmeister verharrte am Ufer und brüllte mit aufgeblähtem Rüssel gegen die Rotoren an: Trotz aller Inbrunst blieb er aber unter den Headsets unhörbar.

Auf dem Rückflug entdeckte Nisha am Van Buren Hill eine bislang unbekannte Siedlung.

Nein, winkte der Pilot ab, hier könne er nirgendwo landen. Also kreisten sie über den Hütten, bis Álvaro aus allen Richtungen Fotos geschossen hatte. Aus Bruchstein inmitten eines Geröllfelds errichtet, wurden die Mauern und Dächer nur vom Schattenfall preisgegeben. Waren es Schutzhütten, in denen die Insulaner hausten, wenn sie an der schwer zugänglichen Nordküste jagten? Oder fanden sie hier noch andere wertvolle Ressourcen, die den Unterhalt einer saisonalen Zweitsiedlung rechtfertigten?

Obwohl Agnieszka fast ununterbrochen Notizen machte, hielt keiner ihrer Begleiter sie für eine Streberin.

Hic sunt dracones

An frostklaren Abenden klang es, als mahlten die Gezeiten nicht Kiesel und Krebspanzer, sondern die landeinwärts liegenden Hügel. Leuchtete der Himmel hinter den Südlichen Leninbergen hellgrün auf, wagten sich Agnieszka und Nisha manchmal bis Cape Pequod, um die Südlichter besser fotografieren zu können.

Außerhalb der geschützten Bucht zerrte der Sturm an jedem losen Fädchen. Er ließ die Kapuzen hyperventilieren und saugte die Luft aus den Gehörgängen. Bei diesem Tosen erübrigte sich jedes Gespräch. Sie konzentrierten sich auf das Knirschen unter ihren Sohlen, das, ebenso wie das tieftönende Brandungsgrollen, durch die Knochen aufs Trommelfell übertragen wurde.

Dann, im Windschatten eines Felsvorsprungs, konnten sie plötzlich wieder hören – doch die verwehten Schallwellen spielten ihnen Streiche: Büschelgräser knurrten kehlig,

Wellen gurrten und rivalisierende Robbenbullen rauschten. Es klang, als lauerten vor Cape Pequod all jene maritimen Ausgeburten, die auf frühen Seekarten unerforschte Breiten füllten: Schiffe verschlingende Leviathane, scharfzahnige Sirenen, löwenleibige Langusten und wellenspaltende Walfische, die als Reittiere für Meeresgötter und deren barbusige Entourage herhalten müssen.

Überm Lasarewhügel ging der Mond auf. Wenn sie ihn so schief am Himmel hängen sehe, fühle sie sich viel weiter von zu Hause entfernt als nach einem Blick aufs GPS-Gerät, sinnierte Nisha und sprach dabei wieder einmal nicht laut genug. Agnieszka stand an der Steilküste und winkerte der Brandung zu. Zurück im Camp notierte Nisha in ihrem Tagebuch, ihre Teamleiterin zeige erste Anzeichen eines Inselkollers.

Abbrüche II

Der Kurs des polaren Versorgungsschiffs *Xue Long* musste nur geringfügig angepasst werden, um Sparrman Island in Reichweite des Bordhelikopters zu passieren. Der Pilot überbrachte dem internationalen Forscherteam warme Grußworte des stellvertretenden Generalsekretärs der chinesischen UNESCO-Kommission. Dies zumindest glaubte Agnieszka aus seinem Pidgin herauszuhören. Zu aller Überraschung entlud der Pilot einen Postsack.

Agnieszka, die seit anderthalb Wochen auf eine E-Mail oder eine Kurznachricht von Rafał wartete, sah in Gedanken bereits ein mit Briefmarken und Stempeln übersätes Päckchen vor sich. Wohlig kribbelnde Wärme strömte von ihrem Bauch bis in alle Äderchen. Nach dem Öffnen des

Postsacks stockte dieser Wärmefluss. Unter ihrem Zwerchfell blieb jedoch ein winziger Glutkern zurück, der sie noch tagelang peinigen würde.

Alle Briefe waren an Dr. Nisha Chatterji adressiert. Nachdem Nisha die amtlichen Umschläge geöffnet hatte, wiegte sie gelassen den Kopf und legte einen Scheidungsantrag, eine Sterbeurkunde und eine gerichtliche Vorladung in ihren Spind. Was in dem anonymen Päckchen war, das Mathieu erhalten hatte, blieb ein Geheimnis.

Unschärfen

Die Erfassung der Sparrman-Island-Gebärdensprache lief bereits seit neunzehn Wochen, als Agnieszka das erste Mal nach der Siedlung am Van Buren Hill fragte. Jon-von-Noe gab vor, nichts von irgendwelchen Hütten zu wissen. Noe-von-Per-dem-Älteren antwortete mit Gebärden, die Agnieszka noch unbekannt waren.

Tags darauf probierte sie es abermals und zeigte Álvaros' Luftbilder. Beim Hineinzoomen bemerkte sie auf einem der Steindächer Fische, die zum Trocknen ausgelegt waren. Daraufhin suchte Agnieszka gründlich die Bilder der Siedlung ab – und tatsächlich: Im Geröllfeld oberhalb der Hütten machte sie zwei Erhebungen aus, die Arme und Beine zu haben schienen. Grantig schob Jon ihr Tablet beiseite, griff sein Beil und verschwand ohne Gruß.

Die Gebärde, mit der Noe das Gespräch ganz abbrach, hatte ein weites, noch recht opakes Bedeutungsspektrum. Sie war bereits in verschiedenen Kontexten aufgetaucht. Die Übersetzungsvorschläge der Arbeitsgruppe reichten von *etwas Unwichtiges* oder *längst Vergessenes* über *zerrissene Lederstreifen* bis zu *Gespenster* – wobei noch nicht abschließend geklärt war, ob dabei wirklich alle Parameter deckungsgleich waren.

Offene Fragen

Deutliche genetische Fingerzeige gen Polynesien und Nordsee untermauerten Agnieszkas These, dass die Sparrman-Island-Gebärdensprache aus der Hawaiischen und der Schwedischen Gebärdensprache hervorgegangen sein dürfte. Die Sparrmanianer selbst steuerten weder familiäre Überlieferungen noch einen gemeinsamen Gründungsmythos als stützendes Argument bei – im Gegenteil: Seit Agnieszka die Siedlung am Van Buren Hill erwähnt hatte, verschlechterte sich das Verhältnis zwischen den Einheimischen und der Forschergruppe merklich.

Warum waren die von aller Welt abgeschiedenen Sparrmanianer so weit wie möglich voneinander abgerückt? Weshalb nahmen einige von ihnen sogar die rauere Witterung an der Nordküste in Kauf?
Ein Abgleich mit den Zahlen der sowjetischen Antarktisexpedition wies für die letzten Jahrzehnte einen Bevölkerungsrückgang aus: In SNP-1 war es also keineswegs zu eng geworden. Die kargen, durchweg abweisenden Reaktionen der Ostküstenfamilien ließen vermuten, dass sich die Clans spinnefeind sein mussten. Wie war es zu ihrem Zerwürfnis gekommen? Weshalb lebten drei Generationen der Familie von-Hilina lieber beengt, anstatt eine der nun leerstehenden Hütten zu beziehen?

Trotz all dieser ungeklärten Fragen näherte sich das planmäßige Ende des Forschungsaufenthalts. Längst war alles für ihre anstehende Ausschiffung vorbereitet. Die Abstimmung, ob sie in den verbleibenden Tagen eine Expedition zur Siedlung am Van Buren Hill wagen sollten, verlief wenig überraschend. Eine zweite Abstimmung ergab, dass Mathieu am Camp A die Stellung halten sollte.

Divergenz

Wieder schien die Siedlung am Van Buren Hill menschenleer, doch der Wind sog verräterische Rauchfetzen aus einem der Abzüge. Nisha schlug vor, mittig zwischen den Hütten zu warten – dort wären sie von allen Seiten gut sichtbar und hätten ihrerseits den besten Überblick. Von der Überquerung des Berggrats erschöpft, setzten sie die Rucksäcke ab.

Kurz darauf trat eine Greisin aus der Tarnung des Geröllfeldes hervor. Auf ihr Zeichen hin folgten zwei ältere Paare und eine Kleinfamilie. Die Männer trugen steinerne Jagdbeile, und am Bauchgurt eines der Jugendlichen hing ein abgebrochenes Flensmesser. Auf Agnieszkas freundliche Grußgebärden hin wirkten sie allesamt konsterniert. Die Greisin antwortete schließlich: »Wale haben keine Flügel«.

Irfan versuchte es in verringertem Tempo. Während er seine Kolleginnen vorstellte, feixten die Nordküstler. Die Greisin gebot ihnen Einhalt, ehe sie sich abermals an die Forschergruppe wandte. Doch als Agnieszka nachfragte, was genau die Greisin damit meinte, zückte der Jugendliche sein Flensmesser.

Terra incognita

Ihr Satellitentelefon blieb unauffindbar. Aber wenn alles andere nach Plan liefe, würde der Bordhelikopter der *Hesperides* sie innerhalb der nächsten sechsunddreißig

Stunden von der Crapulence Cove abholen. Sie schlugen ihre Zelte im Wetterschatten eines Felsblocks auf. Trotzdem bauschte der Wind die Seitenwände, und die nassen Spannseile schnurrten. Irfan wimmerte wieder, schlief erst nach einer weiteren Tablette ein. Unterhalb des Plateaus fiel der Hang sanft zum Strand ab. Aus den labyrinthischen Grashorstgängen drang weder gurgelndes Grunzen noch Knurren: Die Paarungszeit der Seeelefanten war längst vorüber, der verjüngte Harem inzwischen wohl weit verstreut. Agnieszka mummelte sich in ihren Schlafsack ein.

Sie sah sich im Halbschlaf bereits zurück an Deck der *Hesperides*, sah sich um Wochen voraus auf dem Rollfeld von Kraków-Balice, sah sich am Ausgang des Ankunftsterminals. Sie eilte noch ein paar Schritte weiter, bis sie deutlich spürte, dass die Verbindung zwischen ihrem hiesigen und ihrem künftigen Ich kurz vorm Reißen war.

Agnieszka öffnete den Zelteinstieg einen Spalt breit und spähte hinaus. Sobald es aufklaren würde, könnte sie den Hang und die Bucht überblicken. Vorerst aber reichte ihre Sicht nur bis zu dem Felsblock linker Hand. Er war von gelbgrünen Landkartenflechten überzogen: namenlose Kontinente und Inseln, die seit Jahrhunderten aufeinander zu wuchsen und dabei immer wieder unbekannte Ufer hervorbrachten.

Rote Heringe*

> [wir schleiften] einen roten Hering, der an eine Schnur gebunden war, vier oder fünf Meilen weit über Hecken und Gräben, über Felder und durch Äcker, bis wir an einen Punkt kamen, von dem wir uns ziemlich sicher waren, dass die Jäger nicht dorthin zurückkehren würden, wo sie die Spur [des Hasen] verloren hatten …
>
> – William Cobbett, *Cobbett's Political Register*

I Verse, die ich nie lesen wollte

Auf Teterewkin stieß ich in meiner Schulzeit. Ob durch einen Produktionsfehler oder eine Hinterlist von Frau Drábková, das habe ich nie herausbekommen. Russische Poesie und überhaupt der ganze Verskram waren mir damals völlig schnuppe. Ich las nur das Allernötigste, im Unterricht und für die Hausaufgaben – wohl auch, weil Babička nur noch ein Kochbuch und einen nicht minder speckigen Katechismus besaß: »Deine Mutter, Gott hab sie selig, hatte nichts als Bücher, Beat und Blödsinn im Kopf, und jetzt schau, wohin es sie gebracht hat.«

* Ehemals *Triste Teterewkin Trilogie*, manchmal fälschlich *Tschechische Teterewkin Trilogie*.

Am Máchova Stich, der steilen Gasse, die vom Marktplatz hinauf zur Schule führt, befand sich zu dieser Zeit noch die Buchhandlung *Drábek*. Vor deren Schaufenster hielt Babička nur an, wenn sie außer Atem kam oder wenn wir im Spätsommer anstehen mussten, um meine nächsten Schulbücher abzuholen. Zwischen der ausgelegten Neuware und schon leicht verblassten Klassikern stand ein Dutzend Gipsbüsten, von denen ich annahm, dass es sich um die Verfasser der Romane, Ratgeber und Lehrwerke handelte - eine Ehrerbietung, auf die diese womöglich ein Anrecht hatten, so, wie anderen Köpfen die Amtsstuben oder die Geldscheine zustanden. Bis mir auffallen würde, dass sämtliche Büsten im Schaufenster Komponisten waren (obwohl doch *Drábek* gar keine Musikalien führte), sollte es noch einige Jahre dauern, und Frau Drábková, die mir die Dekoration vielleicht hätte erklären können, wäre dann bereits verstorben und die Buchhandlung bankrott - wofür die paar alten Kronen, die ich *Drábek* bis heute schulde, wohl nicht der einzige Grund waren.

An jenem Nachmittag musterte ich lustlos das Schaufenster, weil wir zwischen den Jahren einen Aufsatz über unsere Lieblingsbücher schreiben sollten. Der Wind trieb Frostgraupel hinter meinen Kragen, weshalb ich Frau Drábkovás einladendem Wink folgte. Auf der Schwelle schlug mir mollige Wärme entgegen, die mit Ausdünstungen druckfrischer Bildbände durchsetzt war. Noch während ich meine beschlagene Brille putzte, ordnete Frau Drábková an, dass ich mich erst einmal ganz in Ruhe umschaue, ja! Als ich mich blindlings einem Regal zuwandte, stieß sie jedoch zwei strenge Schnalzlaute hervor und klärte mich auf, dass ich dort keine altersgerechte Lektüre fände. Mir würden die Bücher auf jenem Tisch zusagen, oder die dort im hintersten Regal, ja!

Ich weiß noch, dass ich auf der Stelle kehrt machte – und so sah ich, wie Růžena Kavalírová, die reizende Růže aus der 10 B, die Stufen zur Ladentür heraufeilte und hektisch am Knauf drehte. Sie mühte sich dabei mit der Linken ab, da ihr rechter Arm im Mantel steckte, als ob er gebrochen und mit einer Schlinge fixiert sei. Kaum öffnete ich ihr die Tür, rief sie: »Einen Eimer, schnell, einen Eimer!«

Um ihrer Forderung Nachdruck zu verleihen, holte Růžena unter ihrem Mantel eine wassergefüllte Plastiktüte hervor, aus der ein stattlicher Spiegelkarpfen glotzte. In seinem improvisierten Aquarium vermochte er kaum die Kiemendeckel zu öffnen – doch stand ihm noch weit Schlimmeres bevor. Die lecke Plastiktüte hinterließ eine Tropfenspur von der Schwelle bis zum Kassentresen.

»Um Himmels Willen, Fräulein, bleiben Sie mir doch von meinen Auslagen weg!«

Ob Frau Drábková mit einem Fingernagel gegen die Tüte stieß oder ob die löchrige Tüte ohne äußeres Zutun riss, konnte ich nicht sehen, aber es spielt auch keine Rolle: Dem Wasserschwall folgte der Karpfen, und der schlug dabei so hart auf die Dielen, dass er reglos in der Lache liegen blieb.

»Wasser, bitte schnell, einen Eimer mit Wasser«, flehte Růžena. Frau Drábková setzte jedoch andere Prioritäten: Sie knallte erst noch ein paar alte Zeitungen auf den Kassentresen, ehe sie im Hinterzimmer verschwand. Růžena bedeckte die seitwärts strebende Wasserlache eifrig mit Zeitungsbögen. Dabei klaffte ihr Mantel auf und es zeigte sich, dass die Plastiktüte bereits auf dem Weg vom Markt herauf reichlich Wasser verloren hatte. Růžena, die meine Blicke spürte oder erahnte, kommandierte ohne aufzuschauen: »Jetzt glotz doch nicht bloß dumm rum, Pulec!«

Also schob ich die vollgesaugten Bögen zusammen, und

Růžena breitete eine weitere Lage aus. Frau Drábková kehrte mit zwei Eimern zurück. Als Růžena den Karpfen anhob, kam dieser wieder zu sich und entwand sich ihrem Griff. Mit heftigen Schwanzflossenschlägen schnellte er an Frau Drábková vorbei und glitt auf seinen schleimigen Schuppen unter den Tisch mit den Bildbänden – unter böhmische und baltische Landschaften, unter tschechoslowakische Mineralrohstoffe, Schnellstraßen und Spartakiaden, unter Eishockeyhelden aus Jihlava, unter Prag, Prag, Prag und Pilze der Welt. Dort ging er Růžena abermals durch die Lappen, doch dann starteten die beiden Frauen einen koordinierten Flankenangriff. In den Zinkeimer geworfen, peitschte der Karpfen noch einen Schwall Leitungswasser über den Rand, bevor er mit Schlagseite zu Boden sank. Frau Drábková reichte Růžena daraufhin einen Scheuerlappen und beorderte sie unter den Büchertisch zurück: »Vergiss nicht den Schmutz am Tischbein da, und dort die Schuppen, ja!«

Ich sah mich nach einem Handtuch um. Unterm Kassentresen lagerten Papiertüten, Pralinen und mehrere Kartons voll Bücher, von denen einige verführerisch obenauf lagen: Was irgendein Herr Whitman über sich selbst sang, interessierte mich allerdings nicht die Bohne. Lektionen von einem Mönch namens Vátsjájana, nein, das klang mir zu sehr nach Schule. Herr Borovičkas Chiffren hingegen waren *streng geheim* und somit (was auch immer Chiffren sein mochten) bestimmt wenig jugendgerecht – also schob ich das Buch unter meinen Anorak.

Noch während ich den Máchova Stich zum Markt hinunter schlitterte, ging mir auf, dass ich keinen Aufsatz über ein streng geheimes Erwachsenenbuch schreiben konnte. Frau Pelikánová würde nicht nur mein Ohr zwirbeln, sondern mit Babička reden wollen, und schon säße ich wieder mal in der Tinte. Zerknirscht verstaute ich das Buch im Ranzen und machte mich auf den Heimweg.

Hinterm PNS-Kiosk traf ich Václav. Eine Bommelmütze bändigte seine Locken, aber mit seinen geröteten Wangen sah er trotzdem aus wie eine der Putten am kürzlich renovierten Kirchaltar. An diesem Engelsgesicht, das ihn bereits im Kindergarten zum Liebling aller Erzieherinnen und Küchenfrauen gemacht hatte, werde ich ihn auch Jahre später sofort wiedererkennen, wenn er es schließlich in die Abendnachrichten schafft: Kein Wunder! Als Verteidigungsminister würde ich auch einen wie Václav vorschicken, wenn Korruptionsermittlungen gegen mein Ressort bestätigt werden müssten.

Auf dem Heimweg erzählte ich Václav fast alles, was in der Buchhandlung passiert war – auch, dass ich die Brustwarzen der reizenden Růže aus der 10 B ganz deutlich durch ihre klitschnasse Bluse gesehen hätte, aber Václav winkte bloß ab und behauptete, in der Praxis von seiner Mutter, da könne man wirklich alles sehen. Nachdem dies geklärt war, spekulierten wir darüber, wie es in der nächsten Folge mit der Expedition Adam '84 weitergehen könnte und wo die Zeitreisenden die Formel finden würden, um die Zukunft vorm Untergang zu retten. Bevor wir uns bei den Mülltonnen trennten, fragte ich Václav noch, ob er mir bis Neujahr irgendein Buch leiht.

Frau Götzlová schaute vorwurfsvoll zur Uhr, ehe sie die Suppe, die Babička für mich vorgekocht hatte, auf den Herd stellte. Unsere Nachbarin hatte nie Kinder gehabt. Sie war seit den Vierzigerjahren verwitwet, angeblich, weil ihr Mann sich erhängt hatte, nachdem seine Schwester oder seine Schwägerin an einer Pilzvergiftung gestorben war.

Frau Götzlová hielt auf ihren verstorbenen Ehemann noch immer große Stücke. Auf mich machte der Weichenwärter, von dem zwei Fotografien neben der Pendeluhr hingen, einen eiskalten Eindruck – vielleicht lag das aber auch bloß an seiner Bahnuniform, die ich lange Zeit für einen deutschen Waffenrock gehalten hatte. Nach dem Essen schickte Frau Götzlová mich zum Hausaufgabenmachen nach oben: »Aber lass die Finger von der Flimmerkiste, hörst du. Glaub bloß nicht, dass ich taub bin.«

Taub war sie nicht, aber schwerhörig. Doch an diesem Abend war ich ohnehin nur auf mein erbeutetes Buch aus. Der Klappentext versprach echte Spionagefälle mit Geheimagenten und verschlüsselten Botschaften. Umso größer war meine Enttäuschung, als ich umblätterte. Auf dem Titelblatt hieß es auf einmal: Gedichte übersetzt aus dem Russischen von O. F. Babler. Verse, Verse, nichts als Verse füllten sämtliche kommende Seiten. Sollten das etwa die verschlüsselten Botschaften sein? Ich zog den Schutzumschlag herunter, und tatsächlich stand auch auf dem leinenen Buchrücken: *G. E. Teterevkin • Nejstrašnější prach. Básně.* Was für eine Pleite!

Am nächsten Morgen brachte mir Václav gleich zwei seiner Bücher mit und schwärmte auf dem Weg zur Schule von den spannenden Geschichten. Ich weiß noch, dass ich dachte, ich müsste eigentlich bloß aufschreiben, was er gerade erzählte – dann wäre mein Aufsatz sofort fertig. Außerdem erinnere ich mich daran, wie ich an diesem Morgen (und noch mehrere Wochen lang) an der Buchhandlung *Drábek* vorbeihuschte. Zu Weihnachten kam dann überraschend mein Vater aus dem Gefängnis frei, aber das war für niemanden und nichts eine Hilfe.

»—os, asäh' 'chon!«, drang es unter den Kühlbeuteln und feuchten Handtüchern hervor. Matouš, der letzte Nacht auf irgendeinem Parkplatz einige heftige Haken eingesteckt hatte, lag in seinem Hotelbett wie Frischfisch auf Eis und klang, als habe er mindestens ein paar Schneidezähne verloren. In der Kurznachricht an Larissa und Peter hatte er entscheidende Details ausgelassen, aber angesichts seiner geschwollenen Lippen begnügten sich die beiden mit dem skizzenhaft geschilderten Szenario. Der tschechische Philologe beteuerte, es gehe ihm alles in allem ganz gut und drängte ein weiteres Mal, endlich in ihre Pläne eingeweiht zu werden: »Nach 'aden-'aden?«

»Ich hab's dem Alten versprochen«, erklärte Larissa. Sie sei nicht auf dem schnellsten Weg von Twer nach Strasbourg gekommen, sondern habe extra einen Gabelflug mit ausgedehntem Zwischenstopp in Berlin-Tegel gebucht, um Plöschke zu besuchen. Der Professor emeritus galt immer noch als Silberrücken ihrer Forschungsnische. Seine Karriere hatte 1962 mit einem Coup begonnen, als er auf das vermutlich letzte erhaltene Exemplar von *Ужаснейший прах* gestoßen war. In den folgenden Jahrzehnten hatte sich der ostdeutsche Ostslawist mit einer zweisprachigen Gesamtausgabe aller bis dahin bekannten Schriften Teterewkins und mit zahlreichen Aufsätzen einen Namen gemacht. Um so mehr bedrückte es ihn, nicht mehr aktiv im Spiel zu sein. Für eine Übersetzung von *Свет* fehle ihm schlichtweg die Spannkraft, erklärte Plöschke, und an eine Reise zum Strasbourger Slawistensymposium sei laut seinem Arzt überhaupt nicht zu denken. Eben deshalb müsse er Larissa mit einem Anliegen behelligen: Eine Bekannte, deren Sohn im Gartenbauamt von Baden-Baden arbeite, habe ihm von einer kürzlich wiederentdeckten Stele berichtet, die offenbar Teterewkin gewidmet sei. Seines Wissens dürfte dies das einzige derartige Denkmal in Deutschland sein. Er könne sich, bei allen russisch-badischen Verquickungen, keinen Reim darauf machen, was den Dichter mit der Kurstadt verband. Da es von Strasbourg nach Baden-Baden nur ein Katzensprung sei, solle Larissa bitte ein paar Erkundigungen vor Ort einholen: »Ich hab das Tagungsprogramm durchgeschaut, am Dienstag könnt ihr ohne Bedenken schwänzen! Und macht bitte ein paar Fotos für meine Website.«

Matouš gurgelte etwas Unverständliches und deutete auf den Nachttisch. Dort lag, unter Schmerztabletten und Schlüsseln, ein mit zahlreichen Kommentaren versehener Ausdruck, den Larissa als ihr Vortragsskript erkannte. Sie zügelte ihre Neugier und nahm die Fahrzeugschlüssel an sich. Auf dem Flur diskutierte sie mit Peter, ob sie den Tschechen wirklich alleinlassen sollten; dabei hielten die beiden zügig auf den Aufzug zu.

Nachdem sie das verkrustete Lenkrad und die Seitenscheibe mit Feuchttüchern gereinigt hatten, fuhren sie los. Bald lag die Europabrücke hinter ihnen. Aus dem Rheintal strebten die ersten Vorberge des Schwarzwaldes auf – doch statt Rebhängen oder badischem Fachwerk sahen sie die meiste Zeit nur Sattelzüge, Betonmischer, Tankwagen, Holztransporter und Kühllaster, die auf der rechten Spur gen Norden drängten. Deshalb fuhren sie vorzeitig von der Autobahn ab, und bald schlängelte sich die Landstraße vorbei an Weingütern zu einem Burgrestaurant hinauf, von dessen Terrasse sie die Rheinebene bis zu den Vogesen überblickten. Grauburgunder und frische Luft machten sie redselig. Larissa schwärmte von ihrer neuen Stelle, von der Datscha ihres Vaters und vom Seligersee. Obwohl ihre Handyfotos noch nicht vorsortiert waren, wischte sie unbekümmert immer weiter. Peter berichtete daraufhin das Neueste von seiner Scheidungssaga, wobei er dem Schlamassel einen humorvollen Grundton zu geben wusste, der erzählerische Routine, aber auch Rücksicht gegenüber seiner Zuhörerin erkennen ließ. Doch Larissa, die ihre Sonnenbrille im Kongresshotel vergessen hatte, kniff nun immer wieder die Augen zusammen und wirkte dabei so unleidlich, dass Peter rasch die Rechnung beglich. Auf der Fahrt hinunter ins Oostal schwiegen die beiden ein Schweigen, das sie in den letzten zwanzig Jahren schon mehrmals gemeinsam geschwiegen hatten.

Kennengelernt hatten sie sich 1986 bei den *Tagen des sowjetischen Buches* in Gera. Für Peter, der in Jena Russisch und Serbokroatisch studierte, war die Veranstaltung ein selbstgesetzter Pflichttermin – eine einfache Übung in akademischer Gesichtspflege, dachte er, bis der Literaturprofessor, der ihm eine Mitfahrgelegenheit angeboten hatte, seinen Wartburg in ein rollendes Oberseminar verwandelte.

Larissa wiederum kam mit ihren Eltern nach Gera, um Lew Iwanowitsch zu treffen. Da sie zu jener Zeit in einer Garnison bei Altenburg wohnten, war die Fahrt denkbar kurz. Dennoch sahen ihre Schnittblumen bereits kläglich aus, als sie bei der Puschkin-Bibliothek ausstiegen.

Lew Iwanowitsch Oschanin, der aus Moskau eingeflogene Ehrengast, saß bereits auf dem Podium. Bevor er jedoch mit seiner Lesung beginnen konnte, hatten mehrere Kreis-, Bezirks- und Landeskader würdigende Worte vorauszuschicken, woraufhin der Vorsitzende des Staatlichen Komitees für Polygraphie, Verlagswesen und Buchhandel der UdSSR ans Rednerpult trat, um allerlei Grußworte sowie weitere Würdigungen loszuwerden, und dann winkte der Bibliotheksleiter auch noch einen kleinen Chor auf die Bühne. Oschanin ergab sich mit gequältem Lächeln seinem Schicksal: »Пусть всегда будет солнце«, schmetterten die Jugendlichen los, aber sie wechselten gnädigerweise bald zur deutschen Fassung, »und auch ich immerdar!«

Neben den Vitrinen mit den neuesten sowjetischen Klassikern bemerkte Larissa einen hochaufgeschossenen Rotschopf, der immerfort zu ihr herüberschaute, obwohl doch ihr Summen nie und nimmer bis zu ihm hinüberdringen konnte. Nach der Lesung verschwand er hinter den Neuanschaffungen, um kurz darauf zwischen zwei Monsteras wieder aufzutauchen und sich Larissa vorzustellen.

»Wollten Ihre Eltern damit Prokofjew huldigen?«, stichelte sie.

Peter nickte und schob einen anderen ausgeleierten Kalauer hinterher. Er sprach fließend Russisch, auch wenn das Unterscheiden harter und weicher Konsonanten nicht seine größte Stärke war. Auf ihr Kompliment hin erklärte Peter, er stehe bereits fast ganz oben auf der Anwärterliste für ein Aufbaustudium in der Sowjetunion.

»Dann werden wir womöglich bald Kommilitonen.«

»Darf ich fragen –«, setzte Peter an, doch sein Professor winkte ihn energisch zu sich: »Bitte entschuldigen Sie mich einen Augenblick.«

Inzwischen war es Larissas strategisch beschlagenem Vater gelungen, seinen Onkel aus der Einkesselung durch Thüringer Kulturkader und Kunstfreunde zu befreien.

»Larja, was bist du groß geworden. Nein, sag nichts! Ich weiß, ich höre mich schon fast so alt an, wie ich bin. Wer war denn dein Galan«, fragte Lew Iwanowitsch.

»Ein Peter Wolff«, antwortete Larissa, »Ohne Violine, aber mit zwei F-Hörnern.«

»Also nicht mit Genosse Wolf verwandt«, brummte der

greise Dichter und winkte ab, als er Larissas fragenden Blick sah: »Dein Wölfchen hat dich trotzdem fast mit den Augen gefressen.«

Larissa traf Peter erst 1993 beim XI. Internationalen Slawistenkongress in Bratislava wieder, und auch wenn sie dort nicht miteinander schliefen, schwang doch bei jeder ihrer Begegnungen eine erotische Note mit. Der Kongress selbst lief ganz passabel. Peter, der unter anderem einen Vortrag über die slawische Postmoderne gehört hatte, pries in seinen folgenden Briefen wiederholt die Bücher von Dubravka Ugrešić und Milorad Pavić, oder stellte gewagte Verknüpfungen zwischen Teterewkin und den Moskauer Konzeptualisten her. Auch sonst fand er allerlei Vorwände, sich regelmäßig bei Larissa zu melden. Wiederholt lud er sie nach Leipzig ein, und als er das Festkolloquium für seinen Doktorvater ankündigte, sagte sie sofort zu.

Am ersten Tag des Kolloquiums hielt Peter einen Vortrag über die intertextuellen Verknüpfungen im Werk Teterewkins. Direkt nach ihm referierte ein Professor Pláníčka über das Inselhafte des Teterewkin'schen Œuvres und stellte dessen Distanz zum Kanon der russischen Literatur heraus – was Peter keineswegs davon abhielt, mit Pláníčkas Doktorand zu fraternisieren. Wie sich herausstellte, wurde dieser von mannigfaltigen Ambitionen umgetrieben: Neben seiner Dissertation strebte Matouš einen Meistertitel im Fliegengewicht an. Außerdem stand er kurz davor, seinen ersten eigenen Gedichtband zu veröffentlichen, und würde, sobald er sich damit lyrische Sporen verdient hätte, eine tschechische Neuübersetzung von *Ужаснейший прах* vorlegen. Das im Verlauf ihres Gesprächs gefasste Vorhaben, sämtliche sächsischen Biere zu verkosten, ging der Tscheche mit einer derart bemerkenswerten Systematik an, dass Peter auch dessen anderen Plänen realistische Chancen einzuräumen bereit war.

Am Rande des Büffets gesellte sich Ian McGuffin zu ihnen und wartete mit der These auf, *О, крылья – ах* sei ein Beispiel brillanter poetischer Mimikry und stamme in Wirklichkeit aus Majakowskis Feder. Wie und warum Majakowski das Gedicht Teterewkin untergeschoben habe, wollte McGuffin nicht offenlegen: »Noch nicht«, betonte der Brite und verwies auf seine demnächst erscheinende Monografie. Professor Plöschke war für keinen Kommentar verfügbar, denn er tanzte noch immer mit Larissa. Und da sie den ermüdeten Emeritus wenig später nach Hause geleiten musste, lernte sie Matouš erst beim Internationalen Slawistenkongress in Kraków kennen.

Dort referierte Larissa über wissenschaftliche Fallstricke des Samisdat, wobei sie zuerst einen Bogen von Radischtschew über Bulgakow, Pasternak und Sacharow bis hin zu *Sintaksis* und *Bumerang* schlug, ehe sie zu papierchemischen und anderen quellenkritischen Fragen kam, um dann am Beispiel von *Свет* detailiert aufzuzeigen, welche Schwierigkeiten bei der Rekonstruktion des potenziellen Originaltexts lauerten. Peter hielt in Kraków keinen Vortrag, weil er sich als Chair zweier Panels bereits voll ausgelastet fühlte, und Matouš schlug in der Tram einen Haken, mit dem er den Taschendieb niederstreckte, der sich an Larissas Laptoptasche zu schaffen gemacht hatte – wovon sich die herbeigerufene Polizei jedoch nicht überzeugen lassen wollte, weshalb Matouš seinen eigenen Vortrag über *Váchal und die Ästhetik des idealen Schundromans* verpasste. Dieser Vorfall war nicht das Einzige, was Peters Stimmung trübte, als er am Abend mit Larissa und Matouš essen ging. Auf der Fahrt zurück ins Kongresshotel schwiegen die drei

Philologen ein Schweigen, das den Taxifahrer derart enervierte, dass er mehrere rote Ampeln und eine Taube überfuhr.

Die Wegbeschreibung des Emeritus war alles andere als präzise. Nachdem sie Turgenews Bronzebüste und den Tennisclub *Rot-Weiß Baden-Baden* hinter sich gelassen hatten, irrten Larissa und Peter eine Viertelstunde zwischen Boulebahn und Klosterwiese umher, ehe sie das Denkmal fanden. Die unscheinbare Granitstele, die an Teterewkin erinnern sollte, war im vorigen Herbst bei Schnittarbeiten aus der Umwucherung eines Busches befreit worden und befand sich noch immer in einem kläglichen Zustand. Die Inschrift ließ sich auf Larissas Fotos überhaupt nicht erkennen – das Denkmal sah darauf wie ein schnöder Steinpoller aus. Nachdem sie noch eine Weile in der Sonne gesessen und der Poesie einer Rosenskulptur nachgespürt hatten, machten sie sich auf den Weg zum Stadtarchiv. Peter schnaufte leise, als er die Öffnungszeiten sah: »So weit hat Plöschke dann doch nicht geplant.«

Larissa schlug vor, dass sie sich ein Hotelzimmer nehmen und am Nachmittag in die Therme gehen könnten.

III Offene Enden

— aber hier dürfte es schwierig werden, weitere Zeugen zu finden.

Das Ferienhaus lag am Ende einer geschotterten Stichstraße, die von Koppeln und verdorrten Orangenbäumen gesäumt war. Die letzten zwanzig Meter bis zum Anwesen waren von Einsatzfahrzeugen zugeparkt. Vorm Schiebetor stand das Auto der Hausmeisterfirma, die die Polizei alarmiert hatte. Untersuchungsrichterin Levy setzte ein paar Meter zurück und hielt in einer Ausweiche. Ehe sie ausstieg, klebte sie ihr Nikotinkaugummi auf einen der Kaffeebecher in der Ablage.

Der dürre Wald, der das Grundstück hangseitig umschloss, wirkte bedrohlich, wie haushoch aufgeschichteter Zunder, der dem modernen Bungalow ebenso wie dem Grün der bewässerten Palmen und Ziersträucher jederzeit ein Ende bereiten könnte. Am Pool saß eine Putzkraft und starrte auf die Abdeckplane.

Während die Kriminaltechniker ihr Equipment zusammenpackten, verschaffte sich Levy systematisch Überblick. Je näher sie dem Sofa kam, desto intensiver wurde der metallische Geruch, der beim Kontakt von Hämoglobin mit Hautlipiden entstand, hauptsächlich also $C_8H_{14}O$ – was sie glücklicherweise nicht mehr anwiderte, seit sie die Pille wieder nahm.

Das Ledersofa war auf ein Fernsehset ausgerichtet. Das verwaschene Standbild auf dem Flachbildschirm erschloss sich Levy erst auf den zweiten Blick: Offenbar balgten sich Fische um Futter und wirbelten dabei Wasser auf.

»War das Video so pausiert, als ihr angekommen seid?«

»Nein, das war ich. Aber es ist ein Loop. Der hat uns fast zum Kotzen gebracht.«

»Ah?«

Die Untersuchungsrichterin drückte auf Play. Nach einem Bildzucken begann die Wasseroberfläche zu brodeln – offene Fischmäuler stießen empor, silbrige Kiemendeckel blitzten. Die Fische tauchten eilends ab, als zwei Schwäne in den Bildausschnitt glitten. Auch sie schnappten gierig nach den absinkenden Brocken, die allerdings immer weiter von der Strömung abgetrieben wurden, und so paddelten die Schwäne bald wieder aus dem Bildausschnitt.

Unter leisem Surren des DVD-Players sprang das Video nun zu einer Szene, in der sich ein Dreigespann durch eine Schafherde quälte. Nachdem der livrierte Kutscher mit seiner Peitsche nachgeholfen hatte, fuhr die Reisekutsche zügig weiter. Das elegante Gefährt schaukelte auf einem holprigen Feldweg – vorbei an blühenden Brombeeren, angezapften Birken und buckelnden Bauern, vorbei an krude gezimmerten Hütten, Heuschobern und einer Mühle mit Rindenflügeln – hinab in eine saftige Aue, aus der soeben die letzten Nebelfetzen aufstiegen. Schnitt nach Innen: Auf flohfarbenen Plüschpolstern wurden ein Pope, ein uniformierter Beau und eine junge Frau durchgeschüttelt. Entweder hatte sich das Filmteam keinerlei Mühe gegeben, das Schwanken des Kutschkastens auszugleichen, oder akribisch daran gearbeitet, den Stoß jeder einzelnen Wurzel und Bodenwelle einzufangen. So oder so war das Ergebnis wenig erquicklich. Durch das staubige Kutschenfenster flirrten Sonnenstrahlen. Der Beau, ein hochrangiger Dragoner (Levy meinte, seine Uniform aus einem Schulbuch wiederzuerkennen, wobei sie sich nicht erinnern konnte, ob es sich um eine Illustration zum Napoleonischen Russlandfeldzug oder zum Krimkrieg gehandelt haben mochte, da sie sich noch nie für die ermüdenden Feinheiten der Militärgeschichte erwärmen konnte, vielleicht also auch ein Ulan oder Grenadier), schien bemüht, seine bleiche Reisebegleiterin mit Konversation aufzuheitern. Was er sagte, verstand die Untersuchungsrichterin nicht: »Haben Sie schon versucht, Untertitel einzustellen?«

»Geht leider nicht. Wir haben die Fernbedienung noch nicht gefunden.«

»Ah? Fehlt sonst noch etwas?«

»Bis jetzt sind noch keine Handys aufgetaucht.«

»Lassen Sie die umliegenden Mobilfunkzellen abfragen. Meine Sekretärin wird Ihnen alles Nötige faxen.«

Der Pope, der mittlerweile auf die aschfahle Frau einredete, wirkte ebenso unglaubwürdig wie seine Reisebegleiter. Levy sah die drei nur als Schauspieler, aber es fiel ihr schwer festzumachen, warum: War es das digital verarbeitete Licht, das ihre historischen Kostüme unzeitgemäß wirken ließ? (Aber woher sollte sie wissen, wie Seidenkleider und speckige Soutanen seinerzeit hätten schimmern müssen?) Vielleicht war es nicht allein das Licht, sondern auch die Art und Weise, wie die Darsteller ihre Kostüme trugen oder deren Mimik und Gestik, die von ihrem Unterbewusstsein als *gegenwärtig* eingestuft wurden? Worin lag der Unterschied zu den Filmen, deren Protagonisten ihr lebensecht vorkamen ... und sei es auch nur, bis der Abspann lief?

Die Kutsche hielt an einem Flüsschen, das träge unter einem wolkenlosen Himmel dahinfloss und idyllisch gleißte. Der Offizier sprang aus dem Wagen heraus, um der jungen Frau beim Aussteigen zu helfen. Sie taumelte zum Ufer, wo sie, noch immer höflich von ihrem Begleiter gestützt, die Augen schloss. Der Bildschirm wurde kurz dunkel. Dann blinzelte die Frau unter lautstarkem Würgen und übergab sich ins Wasser. Sofort tauchten zahlreiche Fische auf, die mit blassroten Mäulern nach den absinkenden Bröckchen schnappten, bis sie von den Schwänen verschreckt wurden. Unter leisem Surren des Lesekopfs sprang das Video zurück – hinein in die Szene, in der sich die Kutsche durch die Schafherde quälte, wobei Levy meinte, das Gespann wäre diesmal bereits weiter vorangekommen. War es wirklich ein programmierter Loop oder nur ein Kratzer auf der DVD? Sie machte ein Foto vom Label, bevor sie sich wieder den toten Touristen zuwandte und den Gerichtsmediziner um seinen vorläufigen Rapport bat.

Zurück im Büro suchte Levy den Filmtitel in der Onlinedatenbank heraus: Es war ein Biopic über einen russischen Dichter, von dem Levy noch nie etwas gehört hatte – eine litauisch-luxemburgische Koproduktion, die es gar nicht erst ins Kino geschafft hatte. Bei der kränklichen Frau in der Kutsche handelte es sich um Ekaterina Teterewkina, die Mutter des Dichters, die von einer Fabienne Lefebvre gespielt wurde. Levy setzte sich ein Lesezeichen im Browser, bevor sie ihren Sohn aus dem Kindergarten abholte.

Tags darauf brach ein Skandal um Vetternwirtschaft im Agrarministerium los, und Levy musste bei den Durchsuchungen mehrerer Provinzunternehmen Rechtshilfe leisten. Das hielt sie eine Weile mächtig auf Trab. Trotzdem hatte sie, als der kriminaltechnische Bericht zu den toten Touristen auf ihrem Tisch landete, sofort wieder die flohfarbenen Polster der Pferdekutsche und die gierigen Fischmäuler vor Augen. Wenn die forensischen Ergebnisse nicht so eindeutig gewesen wären, hätte sie sich den Film womöglich noch in Gänze angeschaut, und wer weiß, was dabei herausgekommen wäre.

Lösegeld

Ach ja, da fällt es mir wieder ein,
Durand hieß er. […] Sei's drum, Durand also,
lieber Himmel! Aber was für ein Kerl!

— Alphonse Allais, *Les templiers*

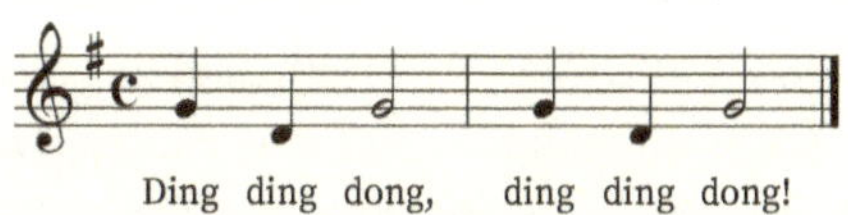

— Jean-Philippe Rameau, *Frère Jacques*

An jenem Sonntag erwachte ich in besagtem Bordell in Beyoğlu. Das gesamte Haus schien in voller Fahrt begriffen: Eine vom Bosporus heraufwehende Brise blähte die Gardinen wie Segel. Bettgestell und Sprungfedern knarrten, die Matratze schlingerte. Öykü, drall und Brustwarzen so groß wie die Augäpfel Gottes, versuchte, sich den Knebel mit den Zehen aus dem Mund zu ziehen. Unter diesen Umständen würde ich, wohl oder übel, auch noch ihre Beine fixieren müssen. Ich angelte mir meine Hose vom Fußboden und zog den Gürtel aus den Laschen. Doch kaum wandte ich mich Öykü zu, um ihre Fußgelenke zu fassen, verwickelte sie mich kunstvoll in eine weitere Balgerei —

Wie bitte? Fünfzehn Franc? Ja, selbstverständlich! Ganz wie Sie wünschen, Bey Moreaux. Der Mann in dem Bordellbett war also nicht Ismael, sondern der Antikenhändler Moreoukis – und die reizende Öykü weckte ihn, als sie versuchte, sich den Knebel aus dem Mund zu ziehen.

Ich ändere übrigens die Namen und Nationalitäten all meiner Auftraggeber. Ebenso die aller Bösewichte und zwielichtigen Gestalten, da diese Geschichte auf wahren Begebenheiten beruht. Der schlimmste, hier gänzlich namenlos bleibende Bösewicht ist die Zeit. Zeit, die im rechten Augenblick fehlt. Zeit, die sich kurz vor dem Höhepunkt davonstiehlt. Zeit, die man leider nie hatte. Sie hat viele Fratzen, alte abgedroschene Bilder. Das Beste wird sein, ich spreche gar nicht mehr von ihr.

Es war also Montag, der 28. Mai 1951. Ich lag allein in meinem Bett, in der wohl reinlichsten Herberge von ganz Eminönü. Die Rückseite des Hauses neigte sich unter dem Gewicht hölzerner Außenklosetts zum Goldenen Horn. Händlerrufe und Fährenhörner drangen ungedämpft in die Dachkammer – das vermaledeite Schiebefenster war verzogen, ließ sich nicht schließen. Dass ich die ganze Nacht kein Auge zugetan hatte, lag allerdings nicht nur an diesem Lärm. Mein Sonnenbrand schmerzte. Die Blasen auf meinen Schulterblättern nässten. Und im Fieber spukten die Wirrungen meiner Flucht:

Die Wellen spülten mich abermals mitsamt der rettenden Standuhr an den Strand. Als ich zu mir kam, stachen meine Muskeln wie von unzähligen winzigen Pfeilen getroffen. Der Seetang, der mir in breiten Streifen auf Rücken und Beinen klebte, machte das Aufstehen so schwer, als hätte mich jemand an den Boden gefesselt. Die Sonne blendete. Endlich befreit, suchte ich auf allen Vieren nach einem handlichen Stein, um das Schutzglas der Standuhr zu zerschlagen. Die Geldscheine und Wertpapiere aus dem Pendelkasten stopfte ich in meine Hosentaschen. Zwar hatte mich Wilbur, der Bootsmann der *Antilope,* bei dem Diebstahl ertappt - aber da er mich, die Standuhr und damit auch seinen Schatz mittlerweile auf dem Meeresgrund wähnen musste, fürchtete ich keine weitere Verfolgung. Ich kletterte die Böschung zur Straße hinauf und sank neben einem Freileitungsmast zu Boden.

Als mir ein Wasserschwall ins Gesicht platschte, erwachte ich, blinzelte und sah einen glatzköpfigen Mann, der sich über mich beugte. Er schwang den nassen Hut auf den Kopf zurück und drückte ihn bis zu der Hautkerbe, die seine vorherige Position noch deutlich markierte. Ich konnte meine spröden Lippen kaum bewegen, röchelte. Der Mann lächelte, schlug mit der flachen Hand einladend auf die Ladefläche seines dreirädrigen Lieferwagens und kletterte in die schmale Fahrerkabine. Während der Fahrt rieb ich den Sand von meinen aufgequollenen Schuhen und bediente mich aus einem Korb voll Gürteln. Endlich ging die Sonne unter. Vor einer abbruchreifen Moschee am Stadtrand hieß der Fahrer mich schließlich von der Ladefläche steigen.

»Hey, Ümit«, rief er dann, »du glaubst nicht, wer hier ist.«

Statt einer Antwort drang Scheppern aus der weitläufigen Ruine, gefolgt von Flüchen. Zwischen den Säulengängen flackerte ein Zündholz auf. Und schon gellte ein weiterer Fluch zu uns heraus.

»Oh, Ümitçik, Ümitçik«, murmelte der Fahrer. Dann klopfte er mir grinsend auf die Schulter, auf meine verdammte verbrannte Schulter, und fuhr davon.

Wenn ich an dieser Stelle erzähle, dass jene Moschee längst kein Gebetshaus mehr war, da sie vor Jahren durch ein Blutbad entweiht wurde, so geschieht das nicht, um Ümit üblen Leumund zu bescheren. Ich komme allein deshalb darauf zu sprechen, weil Ümit so lang brauchte, um heraus auf den Vorplatz zu kommen. Und diese Weile will gefüllt sein:

Ümit hat weder Beine noch Arme, hatte nie welche. Seine Füße sitzen direkt am Rumpf und seine Hände entspringen den Schultern. Als er noch in der Manege arbeitete, wurde er auf den Plakaten als *Rumpfmann* annonciert. Es heißt, Ümit sei in jenen Jahren beinahe glücklich gewesen. Er hatte Feuerringe gespuckt, war als menschliche Kanonenkugel durch das Zirkuszelt geflogen und in aufgerissene Löwenrachen geklettert.

Eines nebligen Winterabends aber hatte ihm Madame Sosostris die Karten gelegt und ihm eine tödliche Liaison mit einer Seiltänzerin namens Siran vorhergesagt: Je höher diese an jedem neuen Tag ihr Seil spannen werde, desto kleiner würde Ümit. Immer kleiner, hatte Madame Sosostris mit verschnupfter Stimme erklärt, bis er, Ümit, schließlich aus der Welt verschwinden würde – jedoch nicht, ohne sich vor diesem Ende noch grausam gerächt zu haben.

Obwohl es in seinem Zirkus keine Seiltänzerin gab, beschloss Ümit, jedweder Möglichkeit eines solch grauenvollen Schicksals zu entgehen, und wurde der Wächter einer verfallenen Moschee.

Ach ja, die Moschee: Es war im Frühjahr 1867, als Coşkun in blinder Raserei die Schwelle des Gebetshauses überquerte, und dabei nicht nur versäumte, seine Schuhe auszu –

Aber da ist Ümit ja schon: Er fuhr auf einem Puppenwagengestell, an das eine patente Konstruktion aus Zahnrädern, Kurbelwellen und einem Schwungrad geschweißt war. Die Öllampe auf der Lenkstange flackerte, als er mich umkreiste, als er bremste. Ümits langer, spitzer Schnauzbart war pomadiert und steil hochgezwirbelt, um nicht in der Maschinerie des Gefährts zerschreddert zu werden.

»Ich möchte, dass du mir etwas versprichst«, sagte Ümit, und mir war schleierhaft, wie er meine Muttersprache erraten hatte.

»Einverstanden«, sagte ich.

Leises, aber nachdrückliches Klopfen riss mich aus meinen Erinnerungen in die Herbergskammer zurück. Das Außenklosett knarrte im Wind und durch das offene Fenster hallte der Hornruf einer Fähre herein. Und wieder – nein, dies war kein Klopfen mehr: Eine Faust hämmerte gegen die Tür. Kein Grund zur Aufregung, dachte ich, bestimmt hat der Portier wegen des verzogenen Fensters nach einem Handwerker geschickt. Und trotzdem jagte mein Puls, als ich durch den schmalen Spalt im Türblatt spähte. Es war niemand zu sehen. Eine Falle, ganz offensichtlich! Also hatte mich Wilbur doch gesucht. Mir blieb keine Zeit, darüber nachzusinnen, wie er meinen Unterschlupf hatte finden können: Am Türschloss wurde bereits ungeniert mit einem Dietrich hantiert. Ich zerrte mein Bett herum, verkeilte es zwischen Tür und Fensterbrett, band rasch die Betttücher zu einem Fluchtstrick zusammen und seilte mich –

Ja, natürlich, Sie haben Recht: Woher soll ich in einer Herbergskammer so viel Leinenzeug nehmen, dass ich vom Dachgeschoss bis hinunter auf die Straße klettern könnte?

Für diese Nachlässigkeit bitte ich um Entschuldigung! Als Wiedergutmachung biete ich Ihnen an, Sie unentgeltlich in dieser Geschichte unterzubringen. – Als Muezzin? Ganz wie Sie wünschen:

Nun, die Wahrheit ist, dass sich vor der Tür meiner schäbigen Kammer nichts mehr rührte; nur das Außenklosett knarrte im Wind, und durch das offene Fenster drang der Ruf eines Muezzins herein. Beim Namen des Einzigen, den der Zeiten Umschwung nicht tilgt und den kein Wandel befällt und den wir demütig anflehen um ein rechtschaffenes Ende! Ich nahm all meinen Mut zusammen und riss die Tür auf. Der Flur war leer und Staub schwebte träge in den Lichtstreifen über den Treppenstufen. Von Parterre drang Telefonklingeln herauf, aber nirgendwo in der Herberge regte sich jemand. Ich überlegte noch, ob ich mir das Klopfen womöglich eingebildet hatte, als ich ein Kuvert auf der Schwelle liegen sah.

Wenn Sie Ihr Flittchen lebend wiedersehen wollen, kommen Sie pünktlich sieben Uhr abends zum Şeyh-Küşteri-Platz!, stand in krakeliger Schrift auf einem Seidenstreifen. An der Innenseite des Kuverts haftete ein einzelnes graues, nach Pomade riechendes Haar.

»Das ist vollkommen unmöglich«, wisperte ich und schloss eilig die Tür hinter mir. Ans Türblatt gelehnt, starrte ich auf das krause Haar und drehte es bedächtig zwischen Daumen und Zeigefinger, als könne ich so die Zeit zurückdrehen – all die Sekunden und Stunden, die, zuvor wie ein Gummiband in die Länge gezogen, im heikelsten Moment davongeschnellt waren. Unversehens wurde mir schwarz vor den Augen.

Als ich wieder zu mir kam, lag ich auf den Dielen neben der Tür. Die Luft in meiner Kammer roch abgestanden, das

Fenster war geschlossen. Und der seidene Brief war verschwunden.

»Das ist ja typisch. Eine entführte Schöne, verschollene Beweise, mysteriöse Unbekannte und Schurken, die nichts anderes zu tun haben, als eine Schlinge nach der anderen zu legen«, frotzelte Wachtmeister Toktaş. Das Streichholz in seinem Mundwinkel vollführte einen dramatischen Wirbel: »Glauben Sie mir, diese Stadt ist die Mutter aller halbseidenen Geschichten!«

»Halbseiden«, raunte der Wachtmeister am Nebentisch. Daraufhin kniff Toktaş ein Auge zu und fixierte mich mit dem anderen: »Womit war denn dieser ominöse Brief geschrieben?«

»Vermutlich mit Tinte - wenn ich mich recht entsinne, war die Schrift blau und filigran.«

Wachtmeister Toktaş zog daraufhin ein feines Tuch aus der Uniformtasche und schob es mir nebst Federhalter über den Schreibtisch zu: »Notieren Sie doch bitte für uns, was auf der Seide geschrieben stand.«

Ich setzte die Feder an, verhakte ihre Spitze im Gewebe, und schon war ein Tintenfleck auf dem Tuch. Auch mein zweiter Versuch endete kläglich, und der Wachtmeister am Nebentisch grinste noch gehässiger als zuvor. Das läutende Telefon schien er vor lauter Amüsement gar nicht zu bemerken. Grußlos wandte ich mich zum Gehen und ließ das graue Haar neben dem Taschentuch liegen.

Der Trubel auf der Straße schien derweil noch zugenommen zu haben; auf dem Weg zurück zur Herberge wurde ich in eine Seitengasse abgedrängt. Hinter einer Kreuzung weitete sich die Gasse beinahe zu einem Platz. An eine Hauswand geschmiegt stand eine mit Teppichen bespannte

Puppenbühne. Die Schiefertafel neben der Bühne kündete die nächste Vorstellung an, doch die Zahlen waren unleserlich, von Kinderfingern oder den Ellenbogen vorbeieilender Händler verschmiert. Als ich näher trat, bemerkte ich, dass es sich bei den Teppichen um wahre Wunderwerke der Knüpfkunst handelte, dass sie Landkarten und Stadtansichten in präzisesten Details wiedergaben: Berge, Kanäle, Obstbäume und Gräser, eine Stadt mit verwinkelten Gassen, Treppen und Irrgängen. Im Zentrum stand ein Haus, das, vom Schornstein bis zum Keller aufgeschnitten, sein Innenleben zur Schau stellte. Oben im Dachgestühl hing ein Hochzeitskleid, dessen Schleppe durch eine Dielenritze gefädelt war. Die Schleppe reichte durch den Fußboden bis in das darunter liegende Zimmer, wo der weiße Stoff, über einen Rahmen gespannt, als Leinwand herhalten musste. Auf dem halbfertigen Gemälde zwängte sich ein Zirkustross wie eine fette Raupe durch das Stadttor herein; Wohnwagen und Hochrädern folgten Elefanten mit Tigerkäfigen auf den Rücken.

Ich zog den Teppich glatt – und tatsächlich: Durch das Zimmerfenster des Malers konnte man bis zum Stadttor schauen. Ich erkannte sogar die dünnen Reifenspuren, die von einem kleinen Platz am Stadtrand geradewegs bis zum Vorgarten des aufgeschnittenen Hauses verliefen und dort, unter einem Tanzseil, vier verschlungene Kreise beschrieben. Vor der Haustür parkte ein Kinderwagengestell, an das eine patente Konstruktion aus Zahnrädern und Kurbelwellen geschweißt war. Erst jetzt entdeckte ich Ümit, der auf der halbierten Schwelle des aufgeschnittenen Hauses stand. Er schrie lauthals in den Flur hinein, erhielt aber offenbar keine Antwort. Schon wütete er durch das Erdgeschoss, riss jede Tür, jeden Schrank und jede Kiste auf. Schließlich erklomm er, Stufe um Stufe, die Treppe.

Siran – dort, dort auf der anderen Seite des Hauses also war sie! – balancierte derweil auf einem Teppichfaden hinunter in den Keller. Als Ümit die Kellertür knarren hörte, schwang er sich mit einem Wutschrei auf das Treppengeländer und rutschte hinab, landete beinahe auf dem Schatten meiner Geliebten. Ümit grabschte nach ihren Locken, ihrer Hand, ihrem Rocksaum – aber Siran entwischte ihm und schlüpfte hinter einen der ausgebleichten Wandteppiche. Zwei Atemzüge später war auch Ümit in dem dahinterliegenden unterirdischen Gang verschwunden.

Ja, das stimmt, ich habe gesagt, die Zeit sei der schlimmste Schurke in dieser Geschichte. Aber mit diesen Indizien vor Augen bin ich mir wirklich nicht mehr so sicher. Das Beste wird sein, ich sage nichts über die Liebe.

Ich hatte genug gesehen, konnte nicht weiter tatenlos hier herumstehen. Obwohl ich Ümit versprochen hatte, mich unter keinen Umständen einzumischen, schob ich den Vorhang beiseite: Den Innenraum der Puppenbühne beleuchteten Talglichter, deren Schein durch polierte Blechplatten verstärkt wurde. Auf einer Holzkiste standen weitere Lämpchen bereit. Von einer Leine hingen die Führungsstäbe und Glieder der Schattenpuppen herab und zitterten in dem kühlen Luftzug, der durch die Ritzen einer Kellerklappe heraufdrang. Als ich neben der Klappe einen Stofffetzen entdeckte, brach ich in Tränen aus: Sollte Ümit tatsächlich den Rock meiner Geliebten zerrissen, sie mit den Fetzen gefesselt und geknebelt haben?

Münzenklimpern riss mich aus dieser Verzweiflung. Vor der Bühne hatte sich inzwischen Publikum eingefunden. Das Murmeln und Fußscharren wurde lauter, und schon drangen Rufe herein, nun endlich mit der Vorstellung zu beginnen. – Anderthalb Lira? Achtzig Kuruş? Abgemacht! Ganz wie Sie wünschen:

Ich schob die Kiste beiseite und öffnete die Kellerklappe. Mit einem Talglicht in der Hand stieg ich die Stufen hinab und gelangte in einen Gang, der wiederum in ein großes Gewölbe mündete. Die dort gelagerten Schinken, Kaffeesäcke und Obstkisten ließen auf das Lager eines Wirtshauses schließen – allein die nackten Beinpaare, die innig verschlungen aus gepolsterten Weinfässern ragten, sprachen dagegen. Ich schlich unbemerkt eine Wendeltreppe hinauf und schlüpfte durch einen Perlenvorhang hinaus in einen komfortablen Salon. Die gerippten Fensterläden ließen nur spärlich Tageslicht herein, und meine Talgflamme siechte in der stickig-süßen Luft. Draußen im Vestibül sah ich einen rotblonden Mann, der sich mit einem Schraubendreher an der Standuhr zu schaffen machte. Nachdem er mehrere Bündel Banknoten und Wertpapiere im Pendelkasten deponiert hatte, setzte er das Schutzglas wieder ein. Knarrende Treppenstufen ließen den Rotblonden aufhorchen: Er schob das Werkzeug hastig in den Schaft seines Stiefels und nahm auf dem abgewetzten Kanapee Platz.

»Das ist doch Bootsmann Wilbur«, dachte ich und presste mich an die Wand. »Vermaledeit.«

Nebenan klapperten Flaschen oder Wasserpfeifen, und im nächsten Augenblick zog eine Frau den Perlenvorhang beiseite. Mit geneigtem Kopf musterte sie mich und das Talglicht in meiner Hand und fragte leise, ob ich mich womöglich verlaufen habe. Mir war völlig unerklärlich, wie sie meine Muttersprache erraten hatte.

Am nächsten Morgen erwachte ich, wie schon gesagt, in der Dachkammer in Karaköy. Die Matratze schaukelte wie ein Klipper im Sturm, als Sevda versuchte, mit den Zehen die Fesseln an ihren Handgelenken zu lösen oder, da ihr dies nicht gelingen wollte, wenigstens den Knebel aus dem Mund zu angeln. Mit meinem Gürtel schnürte ich auch noch ihre Beine an das Bettgestell, bevor ich die Treppe hinab in den Salon schlich.

Sämtliche Fenster standen sperrangelweit offen und die Zugluft ließ den Perlenvorhang klacken wie Gebetsketten bei einer Sonnenfinsternis. Auf dem Kanapee wälzte sich Wilbur unruhig im Schlaf umher. Seine Stiefel hatte er unter das Kopfkissen geschoben. Mangels Werkzeug blieb mir nichts anderes übrig, als die Standuhr zu schultern. Mit der rechten Hand hielt ich meine Hose, die ohne Gürtel (das hatte ich nicht bedacht) immerzu rutschte. Ich war schon fast bis zur Tür geschlichen, als das Telefon schellte. Wilbur zuckte, schien kurz vorm Erwachen. Ich ließ meinen Hosenbund los und nahm den Hörer ab, bevor das Telefon ein weiteres Mal klingeln konnte.

Ümit – er gab sich keinerlei Mühe, seine Stimme zu verstellen – sagte, er werde langsam ungeduldig. Und fragte, warum zum Teufel ich nie ans Telefon gehe, er habe es satt mir hinterherzutelefonieren.

Ich versicherte ihm, dass ich mir die Finger wund schriebe, um an das Geld zu kommen, und dass ich bereits jedem Fischhändler und Fernfahrer eine kleine Rolle in dieser Geschichte verkauft habe, ja, dass mir soeben sogar ein Straßenköter ein paar Münzen dafür geboten habe, um mir als Meuchelmörder mit Krummsäbel neben der Haustür auflauern zu dürfen.

»Wenn Deine Geschäfte so gut laufen, wo um alles in der Welt bleibst Du dann mit dem Lösegeld?«, herrschte Ümit mich an.

Er drohte damit, für jede weitere verstrichene Stunde Siran eine Ohrmuschel abzuschneiden und, sollte dies nicht genügen, mit ihren Lidern und Zehen weiterzumachen. Ich beschwor ihn, meine Geliebte unversehrt zu lassen und versprach, sofort mit dem Geld zum vereinbarten Treffpunkt zu kommen.

»Meine Klinge ist geschliffen«, erwiderte Ümit, »also bemesse die Zeit besser mit eiligen Füßen.«

Wilburs Kinn war indes zurück auf die Brust gesunken. Ich legte leise auf, zog den Hosenbund hoch und stahl mich davon. An der Haustür angelangt, spähte ich durch die bemalten Butzenscheiben: Flirrten dort draußen nicht Sonnenstrahlen auf den Klingen gezückter Krummsäbel? Das war ganz offensichtlich ein Hinterhalt gedungener Mörder!

Also schlich ich hinüber zur Veranda – fand den Ausgang zum Garten unbewacht. Doch als ich mich auf der Schwelle drehte, um die Tür am Zuschlagen zu hindern, stieß ich mit der geschulterten Standuhr gegen den Türrahmen. Die von Wilbur hineingestopften Geldbündel und Wertpapiere rutschten daraufhin nach unten und gaben das Glockenwerk frei. Augenblicklich meldeten sich all die unterdrückten Stunden der letzten Nacht mit einer verstimmten, nicht enden wollenden Melodie und zerstückelten die Stille: Klick-klong-ding-dong.

Die Verandatreppe hinab, durch den Garten und über den Zaun. Ich rannte. Hinter mir hörte ich Wilburs Flüche. Einer seiner Stiefel knallte gegen den Autobus schräg vor mir, der andere Stiefel traf meine Schulter. Ich drängelte mich in die nächste Gasse und hetzte zum Bosporus hinab, die Standuhr schwer auf der Schulter. Die verdammte Hose rutschte und rutschte. Dass Wilbur barfuß war, schien ihm kein Hemmnis, denn als ich an der Uferpromenade ankam, konnte ich sein Keuchen dicht hinter mir hören. Immer wieder schlug ich Haken zwischen Passanten und Lastenträgern, spähte nach einem Ausweg. Nur wenige Meter vor mir legte gerade eine Fähre ab, trieb bereits sachte vom Kai weg. Als ich Fingerspitzen am Ellbogen spürte, schlug ich einen letzten Haken und sprang. Mit der freien Hand bekam ich gerade noch die untere Reelingstange zu fassen. Nun hing ich hilflos an der Bordwand und presste die Standuhr mit der anderen Hand an mich. Mein Hosenbund hing mir in den Kniekehlen. Die Fähre drehte sich weiter hinaus in die Fahrrinne, die Schraube stampfte; fünf Meter unter mir das weiß schäumende Wasser. Ich hielt die Uhr so fest ich konnte und stieß mit jedem weiteren Wellenschlag heftiger an die Bordwand – um gleich darauf wieder ins Leere gerissen zu werden – und abermals zurück an die Bordwand. Mein Handgelenk schmerzte. So pendelte ich eine Gnadendauer lang, schlug mit den Knien meinen eigenen Sekundentakt gegen die Bootswand. Unter mir nichts als schmutziges schäumendes Meerwasser. Schließlich verlor ich den Halt und stürzte in die Tiefe.

Aufzeichnungen aus der Kuranstalt

Sint Willibrordus, 4. August 2008

Sehr geehrter Herr Cederic Darwin Jr.,

ich freue mich, Ihnen mitteilen zu können, dass unser Sachverständigenausschuss Ihrem Eilantrag stattgegeben hat.

Die *Vanhaesebrouckse Kuurinrichting* steht Ihnen ab dem 11. August 2008 offen. Von einer Befristung der Rehabilitationsmaßnahme haben wir vorerst abgesehen. Behandlung, Verköstigung und Unterbringung erfolgen gemäß unserer Satzung unentgeltlich. Darüber hinaus können wir im Bedarfsfall Ihre Reisekosten zum Kurort übernehmen.

Weitere Informationen finden Sie im beiliegenden (vorläufigen) Kurplan.

Alsbaldige Wiederherstellung Ihrer Schaffenskraft wünscht,

Dr. Agnes Op Den Berg
Anstaltsleiterin

•

Warum der Dampfkessel in der *Vanhaesebrouckse Weverij* geborsten war, musste nicht untersucht werden. Es bedurfte lediglich des Schlagwortes »Wartungsmängel«, um Schlossermeister Geert Duyster als Schuldigen zu brandmarken. Dass Duyster von Metallsplittern und Nieten zerfetzt worden war, wurde fast allerorten als gerechte Strafe gewertet.

Der Fabrikdirektor und dessen ältester Sohn wurden ebenfalls tot aus den Trümmern geborgen. Direktor Vanhaesebroucks zweiter Sohn, Willem, der sich während der verhängnisvollen Betriebsbegehung abgesondert hatte, um im Ballenlager ein Paar Strumpfbänder zu inspizieren, wurde durch die Explosion zur Vollwaise. Obwohl Willem bislang deutlicher zur Feiertagsdichtung als zur Finanzbuchhaltung zu neigen schien, war es nun an ihm, die Leitung der Weberei zu übernehmen. Sein Widerstreben gegen diese Aufgabe stellte er einen Monat lang unverhohlen zur Schau, dann zeigte er sich jedoch vom Ehrgeiz infiziert.

Darüber hinaus übernahm Willem auch die Verlobte seines verstorbenen Bruders. Unmittelbar nach Ablauf der einjährigen Trauerzeit konnte er sie, dank der Kunstfertigkeit eines alteingesessenen Schneiders, ohne weiteres Aufsehen zum Altar führen. Das durch die Eheschließung aufgestockte Betriebskapital setzte Willem zur dringend notwendigen Umrüstung der Lochkartenwebstühle ein; die Dampfmaschinen und ihre ledernen Transmissionsriemen mussten Elektromotoren weichen.

Die Bilanzen der folgenden Jahrzehnte beglaubigten Willems unternehmerisches Gespür. Nach mehreren Firmenerweiterungen begann er, die Gewinne außerhalb seines Unternehmens zu investieren: Neben Aktienpaketen der *Bataafse Petroleum Maatschappij* und der *Philips' Gloeilampenfabrieken* erwarb er auch ein kleines Verlagshaus nebst Druckerei sowie Immobilien auf den Antillen.

Bereits im Alter von sechsundfünfzig Jahren trat Willem die Leitung der *Vanhaesebrouckse Weverijen* an seinen Sohn Cornelis ab: Man müsse die nachfolgende Generation rechtzeitig ins kalte Wasser stoßen und dürfe nicht abwarten, bis diese endlich eigenen Ehrgeiz entwickle, erklärte er irritierten Kunden und Konkurrenten.

Von diesem Zeitpunkt an widmete sich Willem Vanhaesebrouck mit großem unternehmerischen Leichtsinn seinem Verlag: Er veröffentlichte die asthmatischen Gedichte von Jérôme de Keelque-Paard sowie alle anderen Werke, die dieser ihm anempfahl. Mit Alfapapier und prachtvoll gestalteten Einbänden versuchte er, Jérôme im Streben nach mehr Sinnlichkeit zu unterstützen. Er protegierte seinen Geliebten auch dann noch, als dessen Faible für dunkle Vokale und düstere Sujets zusehends zur Manier erstarrte.

Nachdem Jérôme verstorben war, weil er in einer Schaffenskrise die Inspiration hatte herbeizwingen wollen, ordnete Willem sein eigenes Testament neu: Er verfügte, dass sein Anwesen auf Curaçao sowie die alljährlichen Erträge seines Portfolios einer noch zu gründenden Kuranstalt für Schriftsteller in Schaffensnöten zugutekommen sollten.

•

Der kanadische Fondsmanager Jonathan Kevlier hielt sich seit 2008 in der *Vanhaesebrouckse Kuurinrichting* versteckt. Im Kurgastregister wurde er als Cederic Darwin Jr., Romancier aus Bangor im US-Bundesstaat Maine, geführt.

Nein, mit dem Fachbuchautor Charles Darwin sei er seines Wissens nicht verwandt, hatte Kevlier der Anstaltsleiterin beim Aufnahmegespräch wahrheitsgetreu geantwortet. Für alle anderen Angaben hatte er eine passgenaue Legende ersonnen. Ebendiese Begabung im kreativen Umgang mit Worten und Zahlen hatte ihn bereits im Investmentgeschäft hoch hinaus, letzten Endes aber auch ins Fadenkreuz der Finanzmarktaufsicht gebracht.

Bei der abermaligen Schilderung seiner schriftstellerischen Nöte hatte er sich vorsichtshalber an den Wortlaut seines Kurantrags gehalten: »Sobald ich eine Idee zu einem Roman habe, befällt mich der Drang, zuallererst den Klappentext zu verfassen. Auf der Suche nach immer knapperen, zugkräftigeren Formulierungen verändert sich meine ursprüngliche Idee Stück für Stück – bis schließlich eine völlig andere Geschichte herauskommt, über die ich niemals einen Roman schreiben würde. Seit nunmehr fünf Jahren verfasse ich Klappentext um Klappentext und schaffe es darüber nicht, endlich meinen zweiten Roman zu beginnen.«

Im Katalog der Anstaltsbibliothek befand sich unter »Darwin Jr.« lediglich der Vermerk, dass dessen Debüt *Fragments of the Master Plan* bislang nicht erworben werden konnte, da der Roman derzeit nicht im Buchhandel erhältlich sei.

»Die Auslieferung liegt auf Eis, weil der Verlag immer noch im Insolvenzverfahren steckt«, bot Kevlier wiederholt als Erklärung an.

Noch vor zehn Jahren hätte er unter diesen Umständen garantiert keinen Kurplatz erhalten, stichelte Andrzej, einer der vier Kurgäste auf Lebenszeit: Nach dem Zerfall des Ostblocks habe die Kuranstalt kaum dem Andrang all jener Autoren gerecht werden können, die ohne Zensurbehörde im Nacken nicht mehr zu schreiben vermochten. Trotz des eilig errichteten Erweiterungsbaus sei die Warteliste immer länger geworden, weshalb neue Anträge seinerzeit eine besonders strenge Begutachtung erfahren hätten.

Andrzej Dzwoneczek-Kozłowski residierte in einem Bungalow nördlich des Haupthauses. Der Anstaltsvorstand hatte ihm einen Alterssitz angeboten, da sämtliche Sachverständigen es für unmöglich erachteten, den alten Polen jemals wieder in den Literaturbetrieb einzugliedern. Trotz ausgeklügelter Rehabilitationsmaßnahmen war er nicht davon losgekommen, seine Gedichte in einer Geheimsprache zu verfassen – schließlich könne niemand wissen, wann das nächste Mal das Kriegsrecht ausgerufen werde. Allein diese Geheimsprache, die er selbst entwickelt hatte und derer er bis dato als Einziger mächtig war, ermöglichte es Andrzej, produktiv zu bleiben: Seine Lyrikbände, die Quartal um Quartal in Kleinstauflage von der *Vanhaesebrouckse Drukkerij* hergestellt wurden, füllten in der Anstaltsbibliothek bereits mehrere Regalmeter; überdies wurden jeweils Freiexemplare an führende Linguisten und Kryptologen versandt. Gleichwohl war es bislang niemandem gelungen, das von der *Fundacja Polskiej Liryki Współczesnej* ausgelobte Preisgeld für die Erstübersetzung dieses mutmaßlich höchst bedeutsamen Œuvres der Dissidentenliteratur einzustreichen.

Unter den Kurgästen hielt sich das Gerücht, der polnische Zausel habe sich 1981 eigenhändig alle Zähne herausgerissen – aus Furcht, Agenten des Sicherheitsdienstes könnten Abhörwanzen in seinen Plomben versteckt haben. Als Kevlier ihn bei einem Strandspaziergang darauf ansprach, entgegnete Andrzej, nein, diese Hurensöhne hätten ihm keine Wanzen, sondern lose Silberkügelchen unter der Amalgamabdeckung eingesetzt.

»Damit ich bei jedem Schritt an sie denken muss«, sagte Andrzej und stieß einen wohltemperierten Seufzer aus, ehe er grinsend seinen Zahnersatz zur Schau stellte: »Klingeling?«

•

»Diese Vorstellung ist weit verbreitet, aber nichtsdestoweniger völlig falsch«, erwiderte Dr. Op Den Berg mit festem Blick auf ihre Webcam. »Derzeit sind lediglich zwei unserer Kurgäste wegen einer Schreibblockade in Behandlung. Und auch denen mangelt es nicht an Einfällen, ganz im Gegenteil: Die beiden bringen gerade deshalb kein Wort aufs Papier, weil sie viel zu viele Ideen haben und sich vom Auswählen überfordert fühlen —«

»Verstehe«, fiel ihr Finanzinspektor Sterne ins Wort. Seine Stimme drang mit leichter Verzerrung aus den Lautsprechern: »Aber wie ich bereits sagte, mich interessieren in erster Hinsicht Ihre *kanadischen* Kurgäste.«

»Da kann ich Sie beruhigen. Gegenwärtig weilt kein einziger Ihrer Staatsbürger in unserer Einrichtung. Augenblick, ich schicke Ihnen unser Kurgastregister«, sagte die Anstaltsleiterin, und dann lächelte sie verschmitzt: »Am nächsten an einen Kanadier kommt wohl unser Kurgast aus Saint-Pierre-et-Miquelon heran.«

Dieser schreibe übrigens historische Kriminalromane und könne den Hieb eines Degens im Erzählen derart verlangsamen, dass nach einem Einschub – etwa der detaillierten Beschreibung einer Brigg und aller Besatzungsmitglieder sowie der Chronik ihrer fünfjährigen Weltumsegelung, welche dem Zusammentreffen der Duellanten vorangegangen war – die Klinge noch immer nicht an der gegnerischen Kehle angelangt sei. Bei ihrem Befund ließ

Dr. Op Den Berg allerdings unerwähnt, dass besagter Autor in Behandlung war, seit dessen Lektor das 1800-seitige erste Kapitel gesichtet und daraufhin attestiert hatte, Prousts *À la rechnerche du temps perdu* strotze im Vergleich dazu vor nervenzerreißenden Spannungsbögen.

Finanzinspektor Sterne klickte sich indessen durch das anonymisierte Kurgastregister. »Könnten Sie mir bitte noch Passkopien all Ihrer Patienten zukommen lassen?«, fragte er schließlich.

»Mr. Sterne, unsere Kurgäste sind nicht unter Sicherheitsverwahrung«, erwiderte die Anstaltsleiterin. Der Inspektor rückte daraufhin noch näher an die Kamera, sodass Dr. Op Den Berg nur noch seine spröden Lippen auf ihrem Monitor sah: »Ich möchte Sie daran erinnern, dass diese Ermittlungen auch im Interesse Ihrer Einrichtung sind. Laut einem mir vorliegenden Bericht ist die Rendite des Vanhaesebrouck-Fonds empfindlich gesunken. An dieser Misere haben die Kursmanipulationen von Mr. Kevlier einen nicht unbeträchtlichen Anteil.«

»Nun, Sie sind jederzeit willkommen, unsere Kurgäste hier auf Curaçao persönlich kennenzulernen. Aber seien Sie gewarnt: Es besteht durchaus die Gefahr, dass Sie sich anschließend in einer ihrer Geschichten wiederfinden.«

•

Nach der Rückkehr von einem zweitägigen Angeltörn fand Kevlier eine Mitteilung der Anstaltsleiterin in seinem Postfach. Er fragte den kurerfahrenen Andrzej, was von dem überraschend anberaumten Termin zu halten sei.

»Chefbehandlung? Ich fürchte, die Luft wird dünn für dich, mein Bester«, frotzelte der Alte. Dann schulterte Andrzej den Kopf des prächtigen Blauen Marlins, den er als

Trophäe präparieren wollte, und trottete zu seinem Bungalow davon.

Dr. Op Den Berg eröffnete Kevlier unter vier Augen, dass sie ihn mit einem weiteren Kurgast als Tandem in Behandlung nehmen wolle. Vorausgesetzt, auch er stimme diesem Experiment zu – immerhin handle es sich um einen bislang unerprobten, nicht ganz risikolosen Rehabilitationsansatz.

Sein Befund weise ihn als den idealen Tandempartner für die erst kürzlich eingetroffene Fumiko Okashima aus: Infolge fragwürdiger Heilverfahren in einer psychiatrischen Klinik sei nicht nur Fumikos Hypergrafie gedrosselt, sondern ihre gesamte schriftstellerische Produktion zum Erliegen gekommen. Beim hiesigen Aufnahmegespräch habe sich aber glücklicherweise herausgestellt, dass Fumiko vor besagter Fehltherapie stets Variationen bereits verlegter Romane verfasst hatte.

»Genauer gesagt: Variationen jener Geschichten, die deren Klappentexte verhießen – weshalb ihre so entstandenen Texte nur wenig oder gar nichts mit den zugrundeliegenden Büchern gemeinsam haben.«

Kevlier hielt es für angebracht, seine diesbezügliche Sachkenntnis durch verständnisvolles Nicken herauszustellen.

»Infolge negativer Konditionierung wagt Fumiko es allerdings nicht einmal mehr, veröffentlichte Romane auch nur in die Hand zu nehmen«, legte die Anstaltsleiterin mit betroffenem Timbre nach. Angesichts dieser vertrackten Gemengelage baue sie fest auf Kevliers Kooperation: Seine Klappentextentwürfe sollten dabei als Trojanische Pferde zum Einsatz kommen, um Fumikos mentale Barrieren zu überwinden und von innen auszuhöhlen. Ihm selbst bliebe keine Zeit, an den Formulierungen zu feilen, da er die jeweils erste Niederschrift unverzüglich an Fumiko weiterreichen müsste. Die produktive Fremdverwertung direkt vor seinen Augen werde ihn zweifellos zur epischen Ausbreitung seiner Ideen herausfordern.

»Meiner Meinung nach ist dies der bislang vielversprechendste Weg zu Ihrem zweiten Roman. Und bei einem weniger günstigen Verlauf hätten Sie immerhin einer Kollegin in Schaffensnöten geholfen«, schloss die Anstaltsleiterin. Kevlier erbat sich eine halbe Stunde Bedenkzeit.

»Jetzt rächt es sich, dass Du nicht endlich irgendeine Druckfassung Deines Debütromans organisiert hast«, schlussfolgerte Andrzej, nachdem Kevlier ihm Dr. Op Den Bergs Behandlungsansatz erläutert hatte: »Um zu beweisen, dass Deine Symptome echt sind, wirst Du im Akkord liefern müssen. Klingeling?«

Die Anstaltsleiterin bedeutete Fumiko, neben Kevlier Platz zu nehmen. Dieser hatte die Japanerin bisher nur einmal aus der Ferne gesehen; sie hatte im hydrotherapeutischen Resort in einem Moorpool gelegen, weshalb er davon ausgegangen war, sie sei wegen chronischem Schreibtischrücken oder wegen einer Sehnenscheidenentzündung in Behandlung.

Noch bevor sie sich setzte, wandte sich Fumiko an Kevlier: »Bitte unterstehen Sie sich, mich jemals in eine Ihrer Geschichten einzubauen!«

Kevlier blickte Dr. Op Den Berg fragend an, doch die Anstaltsleiterin zeigte keinerlei Regung.

»Meinetwegen«, brummelte er nun zum zweiten Mal an diesem Tag und zog die Schreibutensilien zu sich heran.

Bei der ersten Sitzung verfasste das Kurtandem einen Klappentextentwurf und ein Prosafragment. Beide begannen damit, dass Willem Vanhaesebroucks Enkeltochter auf der Fahrt zum *XVI. Internationalen Webertreffen* im polnischen Tiefschnee stecken bleibt. Kevlier zeigte sich beeindruckt von Fumikos Fertigkeit, Pointen wie Eiszapfen an Dachrinnen aufzureihen.

Über die katastrophalen Wetterverhältnisse im Jahre 1979 wusste Kevlier dank Andrzej bestens Bescheid. An schwülen Abenden erzählte der Alte gerne davon, wie er in jenem Winter zum ersten Mal verhaftet worden war: Sein vermeintlicher Gesetzesverstoß bestand darin, die Hofausfahrt mit einem Maiplakat freigeräumt zu haben. Dass es Warschau an Schneeschaufeln mangele, hatte der Sicherheitsbeamte als eine fadenscheinige Ausflucht zurückgewiesen – eine Ausflucht, die Andrzejs ideologischen Affront sogar noch verbal unterstrichen habe. Die Untersuchungshaft währte allerdings nur zwanzig Minuten. Der Sicherheitsbeamte stellte seine Ermittlungen zufrieden ein, nachdem Andrzej dessen festgefahrenen Privatwagen freibekommen hatte.

Fumikos Fragment wich deutlich von der autorisierten Vanhaesebrouckschen Familienchronik ab: Sie stellte es beispielsweise so dar, als sei die Dampfkesselexplosion in der Weberei von einem Erbschleicher herbeigeführt worden und dessen Enkeltochter unrühmlich in die Verhaftung eines polnischen Dissidenten verstrickt gewesen. Trotzdem fühlte sich Dr. Op Den Berg vom ersten Teilerfolg ihres Ansatzes bestätigt. Sie erstellte einen ambitionierten Kurplan für das Tandem – gerade so, wie es Andrzej prophezeit hatte.

•

Finanzinspektor Sterne traf am 15. März 2010 auf Curaçao ein und bestieg die am Flughafen bereitstehende Limousine. Da Dr. Op Den Berg die Kurgäste mit einem Aushang auf den bevorstehenden Besuch hingewiesen hatte, befand sich Kevlier zu diesem Zeitpunkt bereits auf halber Strecke nach Venezuela.

Die anstaltseigene Motoryacht schnitt mit steter Geschwindigkeit durch die Wellen. Andrzej, der darauf bestanden hatte, die Flucht altersgerecht angehen zu lassen, saß mit seiner Schleppangelausrüstung und einem eisgekühlten Bier am Heck der *Vanhaesebrouck II*.

Vor der venezolanischen Küste angekommen, drückte Kevlier seinem polnischen Fluchthelfer ein Bündel neuer Klappentextentwürfe in die Hand und bat ihn, er möge Fumiko regelmäßig mit Nachschub aus dieser Sammlung versorgen.

»Sobald ich wieder einen Unterschlupf gefunden habe, werde ich ihr Weitere schicken«, sagte Kevlier.

»Klingeling«, murmelte Andrzej und verstaute das Bündel schmunzelnd in der Kühlbox. Dann ließ er das Beiboot zu Wasser und beobachtete, wie der Kanadier ans Ufer ruderte. Vom Strand aus winkte Kevlier ihm noch einmal zu und beobachtete nun seinerseits, wie Andrzej Kurs zurück auf seinen Alterssitz einschlug.

•

Zwei Jahre später debütierte Jonathan Kevlier unter seinem Alias Cederic Darwin Jr. bei einem neuseeländischen Verlag. Das Gros der Rezensenten zeigte sich beeindruckt von dem »reifen Erstlingswerk« und stürzte sich dankbar auf jene Passagen, in denen der Autor »ebenso kenntnisreich wie schonungslos« mit dem Gebaren der Finanzbranche abrechnete, »ohne den Antihelden auf seiner grotesken Odyssee der genretypischen Läuterung oder Bestrafung zu unterziehen«. Die »von Krisenwellen gebeutelte Weltwirtschaft« habe heuer also immerhin »eine literarische Dividende« abgeworfen.

In der Bibliothek der *Vanhaesebrouckse Kuurinrichting* wurde der Roman als Cederic Darwin Jr.s zweites Werk registriert, wenngleich *Fragments of the Master Plan* nach wie vor bloß als ein Eintrag auf der Anschaffungsliste existierte. Dessen ungeachtet sahen sich Dr. Op Den Berg und der Sachverständigenausschuss ein weiteres Mal in ihrer Expertise bestätigt.

Der Romanhandlung zufolge trafen sich Kevlier und Fumiko bei einer Lesereihe der *Vanhaesebrouckse Alumnivereniging* wieder. Ihr inniger Kuss, der in einer früheren Fassung des Romans zu einer Vielzahl weiterer Verwicklungen geführt hatte, war jedoch einer Kürzung anheimgefallen – weshalb die beiden die Lesung ungeküsst und in entgegengesetzter Richtung verließen.

•

Fumiko nahm die Veröffentlichung von *Notes from the Sanatorium* weit gelassener auf, als Kevlier erwartet hatte: Ausgehend vom Klappentext, begann sie sogleich, ihre eigene Version der Geschichte zu schreiben. Diese wich deutlich von Kevliers Roman, aber auch von Inspektor Sternes Ermittlungsbericht ab – schon deshalb, weil Fumiko vom glücklichen Ende her zu erzählen begann.

Piko. Romankondensate

I Tina Fasu

Ihren Kinderwagen teilte sie mit einem Pudel, den ihre Großmutter gehäkelt und mit Kirschkernen gefüllt hatte. Eines Tages verschwand der Pudel in einer Rauchwolke, und durch diese stinkende Schwade stieß ein Spitzbart zu ihr herab.

Es sollte ihr nie gelingen, sich an die Details des damals geschlossenen Paktes zu erinnern. Dennoch würde sie bis zum Ende nicht daran zweifeln, dass ihr ein außergewöhnliches Leben bevorstand.

II Nichtsdestotrotz. Autofiktion.

Wir waren so bitterarm, dass Mutter mich, wenn es Bindfäden regnete, hinausschickte, um diese Fäden aufzuwickeln. Daraus webten wir winzige Stoffstücke, mit denen Mutter meine Rocksäume verlängern wollte, falls ich jemals weiterwachsen sollte.

III Hexenprobe

Ihre Recherchen legten nahe, dass sich die Leserschaft des *New Malleus Maleficarum* hauptsächlich für die Werbeanzeigen interessiert haben dürfte – Inserate, deren hauswirtschaftlichen Inhalt sie als chiffrierte Hinweise auf regionale Schnapsschwemmen, Freudenhäuser und Engelmacher erkannt hatte.

Diese stichhaltige Analyse würde allerdings die Reputation ihres Doktorvaters ankratzen: Dessen Habilitationsschrift baute auf der These auf, die immensen Verkaufszahlen der kurzlebigen Monatsschrift seien auf eine Renaissance des Okkultismus zurückzuführen.

IV Teuflische Details

Doch fand ich es unerträglich, wie sich nun alles zu einem Ganzen fügte.

V Die Grenzen seiner Welt

Er stand seinen Angreifern wehrlos gegenüber: Trotz aller Anstrengung wollte ihm keine passende Verteidigung einfallen. Das – (das Ding, das er wohlweislich im alten Fuchsbau zwischen den Eichenwurzeln zurechtgelegt hatte) war von einem Lektor gestrichen worden.

VI Die letzte Vorlesung

»Die Gegenwart ist immer«, begann Samira die Vorlesung (wobei sie über ihre Tasse hinweg einen imaginären Punkt zwischen dem Pult und der vordersten Sitzreihe fixierte, und hochkonzentriert so verharrte, als prüfe sie den Luftwiderstand, gegen den diese Wortgruppe in den Saal drängte, oder den Kaffeegeruch, der mit dem Dampf aufstieg und sich in brownschen Wirbeln verteilte), »das absolute Maximum der Unordnung; ein Wellenkamm, auf dem wir weiter in den Möglichkeitsraum der Zukunft treiben, während wir mit aller Kraft versuchen, die Vergangenheit in eine gewünschte Ordnung zu bringen.«

VII Ballet des cœurs

Allen Dämonen, die wir nicht austreiben konnten, gaben wir neue Namen. Den Rest regelte die Zeit.

Peng. Peng. Peng. Peng.

Parabellum I

Die Pistole meines Urgroßvaters Franz Gründel war bisher in den Tod folgender Personen verwickelt:

- ✗ Jeremiah Regoldt, Handelsvertreter (1933),
- ✗ Felicité Samoa Rötschke, mutmaßliche Spionin (1944),
- ✗ Sarkis Karabekian alias Sergej Karabekow, Frontaufklärer (1945),
- ✗ Wolfgang Plöthner (1945).

Wolfgang hatte die Pistole kurz nach seinem dreizehnten Geburtstag in den Trümmern des Nachbarhauses gefunden – gerade zur rechten Zeit, um dem »bolschewistischen Mongolensturm« zu entkommen. Man hatte ihn wiederholt vor der Gefahr gewarnt, Sklave der Untermenschen zu werden, falls der Russe die Stadt erobern würde. Der einzige »Russe«, dem Wolfgang je begegnen sollte, war der armenischstämmige Georgier Sergej Karabekow. Der Aufklärer war verletzt in den Keller der Plöthners gekrochen. Obwohl Karabekow wenig Ähnlichkeit mit den Mongolen der *Wochenschau* hatte, schoss Wolfgang ihm vorsichtshalber vier Kugeln in den Rücken. Zurück in der verwaisten Wohnung setzte er sich in den Ledersessel seines Vaters, öffnete den Mund wie beim Zahnarzt und schob den Pistolenlauf hinein.

Auch Urgroßvater Franz hatte sich die Pistole schon einmal in den Mund gesteckt. Bevor er sich aber hatte durchringen können abzudrücken, war Bettina Leudoldt in sein Leben getreten. Dass sie vor dem Eintreten angeklopft hatte, rechnete er ihr anfänglich hoch an.

Tobak im Stammbaum I

Bettina Leudoldts Schwangerschaft erwies sich als Finte. Ihr erstes Kind, Rotraut Gründel, kam erst 599 Tage nach der überstürzten Hochzeit zur Welt und wurde kurz darauf notgetauft.

Bei nahezu zwanzig Monaten Schwangerschaft hätte meine Urgroßmutter eine Elefantenkuh sein müssen. Als Indiz für diese Möglichkeit kann der Rüssel gedeutet werden, den Rotraut anstelle einer Nase hatte. Rotrauts Ohren waren riesig und fleckig wie ein alter Fußball. Achtunddreißig Stunden nach der Geburt versagten alle lebenswichtigen Organe.

Zur Entkräftung des Indizes kann Bettinas zweites Kind, mein Großvater Eberhard Gründel, angeführt werden. Er wurde 281 Tage nach Bettinas letzter Junimenstruation geboren. Eberhard war kerngesund, und man konnte ihm bereits im Kinderwagen den Frauenheld ansehen.

Rahmenhandlung I

Ich bin zu Besuch bei Onkel Leonard in Cincinnati. Da er sich seit seiner Kopfverletzung nicht mehr auf Buchstaben konzentrieren kann, erzähle ich ihm gelegentlich ein paar Episoden aus meinem neuen Roman. Das Ungetüm heißt *Winkelzüge des Schicksals* und kreist um unsere Familiengeschichte. An einigen Stellen habe ich dezent hinzu erfinden müssen – aber es blieb immer nah am Höchstwahrscheinlichen.

Während meines Besuchs werde ich mich in María Buendia, die Tochter von Onkel Leonards dritter Exfrau, verlieben. María betreut Onkel Leonard seit dessen Unfall im letzten Herbst – weshalb er am Ende der Rahmenhandlung sterben muss, damit María ohne Gewissensbisse mit mir nach Europa kommen kann.

Unrühmliches I

Großvater Eberhard hatte sich beim Besichtigen antiker Ruinen den ungeschützten Nacken so schwer verbrannt, dass er den Kopf nicht mehr drehen konnte. Nicht einmal die kühle Brise, die seit Einbruch der Nacht über den Golf von Gela wehte, brachte Linderung. Der Ladeschütze Reinhard Guth hingegen hatte seinen Sonnenbrand mit sizilianischem Wein kuriert und schnarchte mit derart einlullender Gleichmäßigkeit, dass Eberhard einen Gehörschutz einsetzte.

Hinter Eberhards blasenübersätem Nacken war bereits fast das komplette 505. US-Fallschirmjägerregiment in die »Festung Europa« eingedrungen, als der Wind ihm einen Nachzügler ins Blickfeld blies. Pflichtbewusst eröffnete Eberhard das Feuer, womit er heftigen Granatbeschuss auf sich zog.

Da ein Großteil seines Körpers im Meer verteilt wurde, setzte man die am Geschütz verbliebenen Überreste fälschlicherweise mit im Grab des Ladeschützen Guth bei.

Die Adjudantur der Division *Hermann Göring* verteidigte mit beispielloser Hartnäckigkeit ihre Ansicht, dass Eberhard Gründel lediglich vermisst sei. Der Groll über die somit verwehrte Kriegerwitwenrente reizte Großmutter Hildes Gallenblase und zersetzte ihre Weltanschauung bereits mehr als ein Jahr vor Kriegsende – was sie unverhofft in eine äußerst günstige Neustartposition brachte.

Situs inversus

Als Großmutter Hilde am 5. März 1953 mit einem Herzanfall ins Krankenhaus eingeliefert wurde, machte es in der Belegschaft schnell die Runde, dass ihr Kreislaufsystem spiegelverkehrt angelegt war: Ihr Herz befand sich auf der rechten Seite.

»Ich hoffe inständig, dass nicht alle Parteikader diese Anomalie aufweisen«, sagte Chefarzt Kohlgang, nachdem Anästhesist Gerz die Wirkung der Vollnarkose überprüft hatte: »Ansonsten sehe ich schwarz für unsere Zukunft!«

Unrühmliches II

Ihre Position als Parteifunktionärin ermöglichte Hilde eine (selbst Schuhverkäufern unerklärliche) umfangreiche Sammlung Stöckelschuhe; sie ermöglichte ihr überdies, sich den jungen Karrieristen Herbert Lomatz servil zu halten: Zum Leiter der Abteilung *Wohnwirtschaft* aufgestiegen, wusste dieser, das von Hilde anvisierte Grundstück *Regoldt* zügig verfügbar zu machen. Für den kostenfreien Abriss des baufälligen Bootsschuppens und die Rodung der Brombeerwildnis gewann er eine Klasse der Pawel-Kortschagin-Oberschule. Vier Tage nach dem Subbotnik stand der Rohbau von Großmutters Gartenhaus.

Im Alter wurde Großmutter genügsamer, aber auch sensibler: Ein Paar orthopädische Schuhe trug sie, trotz Abneigung gegen das hellbraune Leder, beinahe zwei Jahre lang. Die Nachricht von der Öffnung der innerdeutschen Grenze hingegen schlug sich sofort in Form einer schweren Kolik nieder, die, gefolgt von einem Hirnschlag, Großmutter noch vor Ablauf des Jahres dahinraffte.

Fantastischer Eischaum

Während Onkel Leonard seine Mittagszigarre raucht, bereitet María ihren fantastischen Eischaum zu: Sie verrührt Schokoladensirup, Selterswasser und Sahne mit frisch ausgelassenem Eiweiß, schlägt das Ganze cremig und füllt es in Schälchen. Nachdem ihre Delikatesse fünfzehn Minuten im Eisfach ausgehärtet ist, raspelt sie noch eine Lage Bitterschokolade über die Schaumkronen.

Leonard: Delicious again, María!

Narben

Theodor Ludwig Leudoldt – der Urgroßvater meines Großvaters Eberhard Gründel – aß sein halbes Leben lang nur dünne Suppen: Eine Narbe machte ihm die Darmentleerung zur Tortur.

Ebenso wie der Schmiss auf seiner Wange rührte diese Narbe von Oldrich Kupkas Spatengabel her. Gutsverwalter Kupka hatte sich angesichts des entblößten Hinterteils, das über seiner Gattin Viola auf und ab wippte, zu Tätlichkeiten hinreißen lassen. Das so erlangte verwegene Aussehen beschleunigte nicht nur Theodors Beförderungen, sondern begünstigte auch weitere Affären in den garnisonsnahen Dörfern.

Unrühmliches III

Theodor Leudoldt war mit einem Spähtrupp in ein französisches Dorf nahe Mars-la-Tour geritten, um den Versorgungsengpass seiner Einheit zu beheben. Sämtliche Lebensmittel waren jedoch bereits am Vortag von einem westfälischen Bataillon abtransportiert worden. Als Ausgleich hielt sich der Spähtrupp an der im Dorf verbliebenen Bäuerin Adèle Dupont gütlich.

Theodors Harnröhre erzwang bald darauf dessen Rückzug in die Etappe; eitrige Absonderungen verhinderten über mehrere Wochen hinweg einen Fronteinsatz. Nachdem er sich im Januar 1871 bei Saint-Quentin mit einem Bajonett hatte fachgerecht durchbohren lassen, wurde die militärgerichtliche Ermittlung in Sachen *Vorsätzlicher Selbstverstümmelung* eingestellt.

María: Why are you always telling such cruel old stories? You should try and tell the story of your daughter.

Ich: I haven't got a daughter. Yet – I mean, not yet … maybe.

María: This could definitely become a lovely story.

Aquarium Gigantis

Sturzbäche schießen über Dachrinnen und durchweichen die Fassaden, platschen auf die Brüste der Karyatiden und Händlerinnen, die ihre Auslagen zu retten versuchen. Hier stürzt ein Radfahrer in eine Pfütze, dort wird eine Katze in den Abfluss gespült. Durchweichte Hutkrempen hängen wie Palatschinken über den Gesichtern der Kutscher. Konstabler Erwin Rötschke gibt auf der Kreuzung standhaft den

Neptun, organisiert den vorschriftsmäßigen Untergang der Stadt.

Mit derlei Unwetter war er seit 1889 bestens vertraut. Als Geschützmeister der Kaiserlich Deutschen Marine hatte Rötschke gerade den Befehl erhalten, jeden in Schussweite kommenden amerikanischen oder britischen Kreuzer aufs Korn zu nehmen, als sich ein Wirbelsturm aller im Samoa-Archipel kreuzenden Geschwader bemächtigte.

An eine leere Munitionskiste gebunden, wurde Rötschke tags darauf von einem belgischen Handelsschiff geborgen.

Geneviève, die älteste Tochter von Kapitän Delvaux, fand die Geschichte herzerweichend und den vom Vater nach Hause mitgebrachten Seemann sympathisch. Sein erstes Kind nannte das junge Paar Felicité Samoa.

Entdeckungen I

Felicité Rötschke und Studienrat Feitrück marschierten an der Spitze einer kleinen Gruppe die Wasserkante entlang. Mit ihrer Nonnenhaube ähnelte Felicité den Vögeln, die sie mit ihren Schülerinnen beobachten wollte. Sie trug einen Feldstecher um den Hals, der Studienrat ein Fernrohr im Lederfutteral auf der Schulter. Von den zwei Dingen, die Felicité entdeckte, als sie auf Einladung des Studienrats durch dessen *Zeiss*-Rohr schaute, war nur eines von ornithologischem Interesse.

Studienrat Feitrück bestätigte Felicités Beobachtung und publizierte diese nebst eigenhändiger Zeichnung. Die Reaktion der Fachwelt war verhalten; erst das stattliche Preisgeld, das der Studienrat beim Herbsttreffen der Hamburger Sektion des Norddeutschen Ornithologenverbandes auslobte, führte auf Wangerooge zu einer Schwemme von Fotografen, die allesamt der *Siamesischen Sturmmöwe* nachstellten.

Entdeckungen II

Ornithologisch irrelevant war Felicités Entdeckung, dass der Ledergeruch des Fernrohrs sie sexuell erregte. Trotz geringerer Brennweite unternahm sie deshalb alle weiteren Beobachtungen mit ihrem Feldstecher. Als Wangerooge zum Sperrgebiet erklärt wurde, schenkte Felicité den Feldstecher ihrem Großneffen Peter Rötschke.

Peter Rötschke trug diesen Feldstecher bei sich, als er auf einer Patrouille von der Résistancekämpferin Mélanie Jonot erschossen wurde.

Nach der standrechtlichen Erschießung von Mélanie Jonot reiste der Feldstecher im Tornister von Klaus Murtzek – der seit Ende eines kurzen Heimaturlaubs die Felduniform des Nordafrikakorps trug – aufgrund einer unbedachten Befehlsänderung oder eines Umkoppelfehlers nach Südrussland.

Als Ljubow Sergejewna Morozowa in den Keller des zerstörten Mietshauses kletterte, fand sie den tiefgefrorenen Wehrmachtsoldaten Murtzek auf einem Rodelschlitten. Neben ihm, unter dem Schutt des Schornsteins, lag der rumänische Scharfschütze Camil Brătescu. Ein schmaler Streifen Frühlingssonne, der durch den aufgebrochenen Schornsteinschacht hereindrang, hatte bereits begonnen, dessen mit Papier und Mullbinden umwickelte Hand aufzutauen.

Leonard: Mach aber mal einen Punkt! Erst die Pistole und jetzt der Feldstecher ... Wenn immer wieder neue Gegenstände weitere Verzweigungen auslösen – wie soll der Roman denn je aufhören?

Ich: Et cetera, et cetera.

Hefringsø

Kaum waren ihre Forschungsgelder bewilligt, brach die Anthropologin Signe Aagesen von Kopenhagen nach Hefringsø auf. Am 21. August 1984 landete sie mit einer Linienmaschine in Kapstadt und fuhr zum Überseehafen. Bald blieb der von Wolken überzogene Tafelberg hinterm Heck zurück – voraus wogte nur schäumende See. Sechs Tage später erreichte das Containerschiff die Küste von Tristan da Cunha. Aagesen wankte aschfahl von Bord. Nach einwöchiger Verschnaufpause schiffte sie sich auf einem Trawler ein. Dem vollmundigen Versprechen des Kapitäns zum Trotz scheiterte die Überfahrt zum nordwestlich gelegenen Hefringsø an eben jenen Unwägbarkeiten und Tücken, die das Eiland über Jahrhunderte von der übrigen Welt abgeschieden hatten: Nebelwände, Stürme und Strömungen zwischen den Nadelgipfeln des Südatlantischen Meeresrückens, die bis dicht unter die Wasseroberfläche aufragten.

Der Trawler setzte Aagesen schließlich auf der Himmelfahrtinsel ab. Ihre unleserliche Handschrift auf der Ansichtskarte legt nahe, dass es sie einige Überwindung gekostet haben muss, noch am Tag ihrer Anlandung an Bord eines südwärts steuernden Fabrikschiffes zu gehen. Doch auch diese zweite Überfahrt scheiterte, und so saß sie fünf Wochen lang auf St. Helena fest – fast tausend Seemeilen von ihrem Ziel entfernt. Dank der Fürsprache eines britischen Forschungskollegen, der die Netzwerke der Royal Society geschickt zu nutzen wusste, kam sie schließlich auf einem gen Falklandinseln beorderten Flottentanker der Royal Navy unter. Die Marineoffiziere erachteten es als eine Frage der Ehre, auch nach zwei gescheiterten Ausbootmanövern nicht klein beizugeben, und so setzten sie Aagesen schließlich per Hubschrauber auf Hefringsø ab.

•

Durch Zufall und nicht ohne Schaden für ihr Schiff waren dänische Seefahrer im Jahr 1663 als Erste auf das Eiland gestoßen. Der äußere Rand dieses Vulkankessels ragt nur wenige Meter, bei Sturm oft nur eine Handbreit über den Meeresspiegel. Aufgrund mineralischer Einschlüsse im Lavagestein lässt sich die Küste optisch kaum von gischtenden Wellen unterscheiden. Eine heiße Quelle, die sich in die Anse am Ostufer ergießt, trägt ihr Scherflein zu den hefringsøschen Nebelbänken bei. Auch bei klarer Sicht ist das Inselinnere von See her nicht auszumachen, da der erloschene Schlot zum Zentrum hin abfällt und an seiner tiefsten Stelle dreiundzwanzig Meter unter Normalnull reicht. Dort sammelt sich ein kleiner See aus Regen und bitterem Grundwasser über einer Sperrschicht aus Basalt. Aus verrotteten Moosen und Gräsern sowie den Ausscheidungen von Langschnabelrallen hat sich an den Hängen des Kessels ein überaus fruchtbarer Boden gebildet, auf dem sogar einige Baumfarne, Wacholdersträucher und Nadelhölzer Fuß fassen konnten. Fast das ganze Jahr über befüllen die heimischen Vögel ihre Nester und Erdgänge mit Eiern.

Es waren jedoch nicht diese bescheidenen Vorzüge, die Kapitän Tyge Samsøe jene abgelegenen fünfeinhalb Quadratkilometer für die dänische Krone in Besitz nehmen ließen. Die Gründung einer Niederlassung war vielmehr

Vorwand, die notorischen Kritiker seiner nautischen Fähigkeiten sowie den geistig geschwächten Bordseelsorger loszuwerden. Überdies blieben zwei Passagierinnen zurück, die nur insofern *blind* zu nennen waren, als der Bootsmannsmaat beide Augen zugedrückt hatte, damit diese im Hafen von Las Palmas an Bord kommen und dort »zu aller Nutz und Frommen« verbleiben konnten. Der missmutige Kapitän setzte einen winzigen eiförmigen Fleck auf seine Seekarte und überließ die Namenswahl dem Spiel der Wellen. So war es wohl nur folgerichtig, dass dieser Fliegendreck auf der von Seeungeheuern und Windbläsern geplagten Öde bei einer Generalrevision der königlichen Seehandbücher versehentlich getilgt wurde.

•

Am 6. Mai 1941 wurde Hefringsø vom Kopiloten eines britischen Seeaufklärers gesichtet. Sgt. Swainburns Beschreibung, die Insel liege wie ein steinerner Nachttopf im Wasser, brachte ihr kurzzeitig den Namen Gazunder Island ein. Bald darauf steuerte eine Fregatte der Royal Navy die übermittelten Koordinaten an und kreuzte dort eine Stunde ohne Resultat. Der Kommandant erwog bereits Disziplinarmaßnahmen wegen vorsätzlicher Irreführung, als der Steuermann auf ein Ruderboot hinwies, das querab aus der Gischt hervortrieb.

Im Tagebuch des Offiziers, der das folgende Landungsunternehmen anführte, heißt es, die auf Gazunder Island vorgefundene Siedlung erinnere an die Dörfer auf den Gemälden alter Meister: Kärgliche, sich an die Hänge schmiegende Hütten, deren Dächer von Grasnarbe bedeckt seien, geflochtene Pferche, schlammige Steige und ein Dorfplatz, in dessen Mitte ein Schandpfahl stehe. Die Bewohner trügen Bekleidung aus grobem Linnen und hätten die Segensbotschaft zeitgemäßer Hygiene noch nicht empfangen. Eine verbale Verständigung sei nicht möglich gewesen, da sie sich weder des Englischen noch des Deutschen mächtig zeigten. Mehrere Matrosen verorteten die Äußerungen der Insulaner in der skandinavischen Sprachfamilie, andere glaubten vereinzelte spanische Vokabeln herauszuhören. Ohne Zweifel handele es sich um Nachkommen von Christenmenschen, wenngleich die zahlreichen zwischen den Hütten aufragenden Passionskreuze nicht nur der Verehrung des Herrn, sondern auch als Vorrichtungen zum Trocknen von Netzen dienten. Der schnöde Kirchturm habe sich zugleich als Räucherschlot erwiesen – das dort konservierte Trockenfleisch als gewöhnungsbedürftig. Obwohl keinerlei Anzeichen einer Landung der deutschen Kriegsmarine entdeckt worden waren, entbrannte eine Diskussion über die präventive Einrichtung eines Stützpunktes. Diese wurde jedoch durch die Meldung unterbrochen, ein feindliches U-Boot sei vom Sonar erfasst worden, und so drehte die Fregatte gen Norden ab. In den Wirren der Atlantikschlacht geriet die Insel abermals in Vergessenheit.

•

Erst 1952, als ein britischer Militärhistoriker die Funksprüche aller versenkten Kriegsschiffe systematisch sichtete, wurde die flüchtige Kontaktaufnahme publik. Sein Nachfragen bei mehreren Fachkollegen und Diplomaten nordischer Staaten brachte vorerst keine Ergebnisse, stieß aber eine Prüfung des territorialen Status der Insel an. Das Forschungsschiff einer multinationalen Antarktis-Expedition empfing auf seiner Rückfahrt ein entsprechendes Ansuchen.

Nach achtstündigem Kreuzen ging die *Norsel* vor einer Nebelbank auf Reede und bootete ein Erkundungsteam aus.

Auch bei diesem Kontakt erwies sich die Verständigung mit den Inselbewohnern als beschwerlich. Die wenigen Informationen, die ein norwegischer Landvermesser herauszuhören glaubte, klangen zum größten Teil widersinnig. So beharrten die Insulaner darauf, Untertanen eines Königs namens Frederik III. zu sein, welcher unter Gottes gnädiger Führung sowohl den hiesigen als auch alle anderen Winkel der Welt verwalte. Diese seine Insel trage den Namen einer Tochter des Meeresriesen Ægir, die immerfort schützend das Ufer umspüle.

Anhand der Tonaufnahmen, die die Polarforscher auf der Insel gemacht hatten, gelang es Linguisten, den Ursprung des hefringsøschen Dialektes weitestgehend aufzuklären – womit sie implizit einem dänischen Hoheitsanspruch das Wort redeten.

•

Auch die vorbildlichste Administration wird bisweilen von einer Flaute oder einem Mahlstrom geplagt, und so verstrichen weitere vier Jahre, ehe die ersten dänischen Staatsdiener auf Hefringsø landeten. Nach einer von Missverständnissen in die Länge gezogenen Beratung mit dem Ältestenrat gingen die Beamten sogleich daran, die territorialen Ansprüche Dänemarks durch schlüssiges staatliches Handeln zu untermauern: Am Dorfplatz wurde ein Flaggenmast einbetoniert, um den Dannebrog zu hissen und einen Briefkasten der Dänischen Staatspost anzubringen. Parallel dazu begann die Erfassung aller Insulaner in einem Einwohnermeldeverzeichnis. Dabei scheint insbesondere das Ersinnen der Familiennamen beiden Parteien Vergnügen bereitet zu haben. Obwohl jedem Registrierten ein Antrag zur Aufnahme in die Staatliche Sozial- und Rentenversicherung ausgehändigt worden war, belief sich die Rücklaufquote auf null, was vor der Rückkehr nach Kopenhagen niemandem aufgefallen sein wollte.

Der leitende Beamte der Verwaltungsexpedition charakterisierte die Insulaner als streng religiös und auf dieser Grundlage weitgehend friedfertig und kooperativ, wenn auch verstockt – wobei er einschränkend darauf hinwies, dass er, aufgrund des eigenwilligen Dialektes, keinen einzigen Satz habe vollständig verstehen können. Über das Ableben von König Frederik III. habe sich die Inselbevölkerung betrübt, aber nicht sehr überrascht gezeigt. Der Ältestenrat habe aus eigenem Antrieb bekundet, sich der Autorität von Frederik IX. sowie aller von ihm ernannten Amtspersonen uneingeschränkt zu beugen. Da die Kosten einer dauerhaften behördlichen Präsenz ihren Nutzen weit übersteigen würden, empfahl der Beamte, das Eiland bis auf Weiteres der gut funktionierenden Selbstverwaltung zu überlassen. Es sei allerdings alsbald zu prüfen, ob nicht die Ausbeutung der Fischbestände in den wiederentdeckten Hoheitsgewässern für die dänische Fangflotte lohnenswert wäre.

Ein Sekretär des Außenministers spitzte das Hefringsø-Gutachten dahingehend zu, dass man diesen fernab gelegenen Spucknapf ohne Schaden für Reich und Krone weiterhin im Mittelalter belassen könne.

•

Das Segelschulschiff, das Signe Aagesen im Herbst 1985 von Hefringsø hatte abholen sollen, musste nach einer Sturmfahrt ins Trockendock. Der Auftrag wurde also kurzerhand einem Marineverband übertragen, der sich an einer NATO-Übung im Südatlantik beteiligte. Der Landungstrupp fand jedoch weder eine Spur der Anthropologin noch Zugang zu den Inselbewohnern, die sich alles andere als kooperativ zeigten. Nicht zuletzt aufgrund der männlichen Mumie, die Kapitänleutnant Bjerg vom Schandpfahl hatte entfernen und nach Kopenhagen überführen lassen, sah sich die Staatsanwaltschaft genötigt, eine Ermittlungsgruppe auf die Insel zu entsenden.

Noch im gleichen Jahr wurde auf Hefringsø eine Polizeistation errichtet. In der Fertigteilbaracke befinden sich zugleich die Unterkünfte für die jeweils auf sechs Monate dorthin beorderten Beamten. Die Alltagsgeschicke der Gemeinde werden aber auch weiterhin von der lokalen Selbstverwaltung gelenkt. So dürfen mittlerweile Kreuzfahrtschiffe Besuchergruppen nach Hefringsø ausbooten. Integraler Bestandteil jeder Inselführung ist der Schandpfahl, den die Verwaltung jeweils zu diesen Terminen wiederaufrichten lässt. Eine weitere Attraktion ist die Gedenktafel für Signe Aagesen. Den Wortlaut des gut geräucherten Kirchenbuches zitierend, informiert sie auch darüber, dass Aagesen als eine des widernatürlichen Bundes mit dem Teufel überführte Hexe ohne Gnadenakt dem Feuer übergeben worden sei. Womit sie diesen Schuldspruch auf sich gezogen hatte, ist nicht überliefert – ebenso wenig, wer ihn erließ oder wer die Hinrichtung vollstreckte. Auf diesbezügliche Anfragen hin zucken die jungen einheimischen Führer lediglich mit der linken Schulter. Gegen ein zusätzliches Entgelt lassen sich die Insulaner in lokaler Tracht vor den letzten unsanierten Hütten fotografieren. Mit den zahmen Langschnabelrallen, den Wappentieren der Inselgemeinde, dürfen die Besucher hingegen kostenlos posieren.

Das restliche Jahr über widmen sich die Einheimischen weiterhin dem Langustenfang, der aufgrund ausgedünnter Bestände jedoch nur der Selbstversorgung dienen kann. Alle amtlichen Bemühungen, diesen defizitären Außenposten des Dänischen Königreiches in ein Vogelschutzgebiet umzuwandeln oder doch wenigstens in die volle Unabhängigkeit zu entlassen, scheiterten bislang am Votum der Bewohner von Hefringsø.

Eine löchrige Geschichte

> Die nachfolgenden Geschlechter,
> die dem Studium der Kartographie nicht
> mehr so ergeben waren, meinten,
> dass diese ausgedehnte Karte keinen
> Nutzen habe und überließen sie,
> nicht ohne Verstoß gegen die Pietät,
> den Unbilden der Sonne …
>
> — Suárez Miranda, *Viajes de Varones Prudentes*

— Offizier der Royal Air Force? Ich sag's doch, ein Spion. Wir sollten ihn gleich hier umlegen.
— Lass den Alten erst mal erzählen. Wer weiß, was er noch ausplaudert.

Damals war ich erst seit ein paar Monaten in Koggala stationiert. Im tiefsten Süden von Ceylon, das reinste Gift für meinen Dover-Teint. Den anderen setzte die Sonne ebenfalls zu, aber wenn du Craig heißt und wie ein gekochter Flusskrebs aussiehst, dann bleibt das eben hängen: An Bord nannten mich alle bloß Cray.

Ich flog als Kopilot auf einer *Catalina IB*. Für unsere Aufklärungsflüge war die windgeschützte Lagune von Koggala die ideale Startbahn. Dort wieder zu landen, war nicht jeder Crew vergönnt, denn wir hielten an vorderster Front Ausschau nach feindlichen Kreuzern, Flugzeugträgern und U-Booten. Die Japaner kontrollierten bereits fast alle Inseln im Osten des bengalischen Golfes – von den Andamanen bis zum Sunda-Archipel. Von dort nahmen sie den ceylonesischen Kautschuk ins Visier, und demzufolge auch jedes britische Flugzeug, das ihnen ins Schussfeld kam. Selbst Churchill, fernab in London und als ein Ausbund an Furchtlosigkeit bekannt, soll deshalb seine Zigarre zerbissen haben: Ein Union Jack nach dem anderen wurde zum Rand des Kartentischs geschoben. Wir Luftaufklärer, aber auch das Bodenpersonal standen spätestens seit dem Fall der Andamanen unter fiebriger Anspannung.

In einer verhangenen Nacht meldeten Wachsoldaten einen amphibischen Angriff auf Koggala: Vor der Mündung der Lagune schwömmen japanische Spezialeinheiten – das Wasser wimmele nur so von ihnen. Daraufhin ließ der Diensthabende die Mündung mit Sperrfeuer belegen. Nachdem unsere Jungs den Strand gesichert hatten, wateten sie durch blutigen Sand und durch Gekröse. Aber sie fanden bloß zerfetzte Schildkrötenpanzer. Die armen Viecher waren an Land gekrochen, um ihre Eier in den Sand zu legen.

— Komm endlich zum Punkt, alter Mann!

Wenige Wochen später, am 17. Juli 1942, griffen wir den Chinesen auf. Entdeckt hatte ihn unser Heckschütze Popeye, als wir die Orrery-Inseln umflogen. Dieses entlegene Archipel, das aus acht unwirtlichen Atollen und der dicht bewaldeten Hauptinsel Jawaka besteht, galt damals als Niemandsland. Von den Ureinwohnern Jawakas hieß es, sie hätten die Steinzeit noch nicht hinter sich gelassen –

was allem voran bedeutete, dass sie noch nicht der gesamten Menschheit an die Gurgel gehen konnten. Popeye lotste uns zurück zum südlichsten Atoll, das auf meiner Karte nicht einmal einen Namen trug.

— Er meint bestimmt Hi-nëv-hör.
— Wie oft denn noch: Du sollst die Klappe halten und zuhören!

Auf dem Sandsaum, der Ozean und Lagune etwa elf Fuß voneinander trennte, sah ich nun ebenfalls einen Menschen. Als wir uns im Tiefflug näherten, brach er zusammen oder kniete sich zum Beten nieder. Er trug keine Uniform, sondern einen langen Überrock und einen Strohhut ohne Krempe - war demnach wohl keiner unserer verschollenen Kameraden. Zu einem japanischen Matrosen oder *Zero*-Piloten passte sein Aufzug ebenso wenig, aber da wir weder ein Wrack noch ein Floß oder Dinghy orten konnten, suchten wir das Archipel ein weiteres Mal nach lauernden U-Booten ab.

Unterdessen hatte sich der Mann nicht von der Stelle bewegt. Doch als wir in der Lagune des Atolls wasserten, wich er auf allen Vieren zurück, wobei ihm schon bald der Fluchtweg ausging und seine Füße von Wellen überspült wurden. Daraufhin rollte er sich auf dem nassen Sand zusammen und presste die Hände auf die Ohren. Von solchen Possen ließen wir uns natürlich nicht einlullen. Angus richtete die Bug-MGs auf ihn aus, ehe Lance, Popeye und ich ans Ufer wateten.

Auch nachdem wir seine Hände von den Ohren weggezerrt hatten, reagierte er weder auf englische oder singhalesische Fragen, noch auf die japanischen Floskeln aus unserem Handbuch. Die Gegenspannung seiner Arme ließ aber sofort nach, als Lance ihn auf Kantonesisch ansprach. Erhobenen Hauptes stieß er ein paar Silben hervor. Lance reichte ihm daraufhin seine Trinkflasche: »Er heißt Pi Shu-Xi und behauptet, er sei Steuereintreiber in der Präfektur Santow.«

Unser polyglotter Lieutenant, der –

– Lieutenant Lance? Wie weiter?

Lieutenant John Lancelot Batten, der bis 1937 in Hong Kong stationiert gewesen war, hatte dort nicht nur Kopfkissenhefte gesammelt, sondern auch einiges über die Republik China gelernt und erklärte nun: »Santow liegt im Südosten der Provinz Canton.«

»Ist der Südosten nicht längst in Tojos Händen?«

»Schon seit mehr als drei Jahren. Von dort aus hat die japanische Armee ja Hong Kong überrannt.«

Ich gab zu bedenken, dass der Finanzbeamte circa 2200 Meilen vom Weg abgekommen sei: »Vielleicht ist Mister Shu-Xi ja schon jahrelang einem flüchtigen Steuersünder auf den Fersen.«

»Mister Pi«, korrigierte mich Lance. Darüber hinaus kannte sich unser Lieutenant offenbar auch mit imperialen Insignien aus. Der Überrock des Chinesen war mit einer Stickerei besetzt, auf der, unter einer dünnen Salzkruste, ein langschwänziger Vogel prangte. Die Hand auf Pis Brust gerichtet, setzte Lance seine Befragung fort, wobei er recht schnell zu dem Schluss kam, dass dieser uns hinters Licht führen wolle: »Er sagt, das wäre sein Rangabzeichen. Vertrackt nur, dass es seit dem Sturz der Qing-Dynastie gar keine Mandarine mehr gibt.«

»Ein Spion also«, schnaufte Popeye und zog Fesseln um die Handgelenke des Chinesen.

»Das wird der SIS schon ausklamüsern. Wir sollten sehn, dass wir schleunigst von hier wegkommen. Bringt ihn an Bord!«

– Die hätten ihn an Ort und Stelle umlegen sollen. Seine Legende stank doch zum Himmel.

Sobald unsere *Catalina* abhob, würgte der kreidebleiche Pi all das Wasser, das wir ihm eingeflößt hatten, wieder aus. Danach verfiel er in einen Stupor, oder vielleicht war es auch eine kontemplative Meditation.

Sofort nach der Landung wurde der vermeintliche Mandarin von MPs übernommen und in ihren schwarzen Kastenwagen verfrachtet. Lance wiesen sie einen Vordersitz zu, da er als Dolmetscher bei der Befragung behilflich sein sollte.

Wir sahen Lance erst zur nächsten Lagebesprechung wieder. Bei dieser wurde der Chinese allerdings mit keiner Silbe erwähnt. Nachdem wir unsere randvoll betankte *Catalina* über die Wipfel der Mangroven gebracht hatten, begann ich deshalb, Lance zu löchern.

»Wüsste nicht, was es da geheimzuhalten gäbe. Pi ist kein Fingerbreit von seiner Robinsonade abgewichen.«

»Er beharrt also weiter darauf, dass er ein kaiserlicher Mandarin ist?«

»Und es wird noch besser. Wenn ich ihn recht verstanden habe, wähnt er sich im Jahr des Erde-Drachens, im dreizehnten Jahr der Jiaqing-Ära. Das wäre anno 1808. Er hat gesagt, er sei zum Totengedenkfest auf seine Heimatinsel in der Nähe von Formosa gefahren –«

Anfang des dritten Monats war ich wie immer zum Qingming-Fest nach Ma-keng gereist.

Doch diesmal musste ich länger als üblich bleiben, da meine Mutter, am Tag nachdem wir die Gräber unserer Ahnen gefegt hatten, einen Blutsturz erlitt. Als sie wieder auf die Beine kam, durchnässte der Schimmelregen bereits das Dachstroh und dichter Nebel hing zwischen den Inseln. Gleichwohl duldeten meine Amtspflichten keinen weiteren Aufschub, und so schiffte ich mich auf der nächsten auslaufenden Dschunke ein.

Allzu bald sollte sich das geflügelte Wort bewahrheiten, dass einem Eilenden des Schicksals Launen sicher sind. Zwar riss der Nebel auf, als wir in See stachen, doch das gereichte uns keineswegs zum Vorteil: Hinter Yih-Pan empfing uns eine Piratenflottille mit einer Salve vor den Bug. Die Schlangenflagge der schrecklichen Witwe Cheng vor Augen ließ ich alle Hoffnung fahren. Nicht so unser Kapitän. Er suchte sein Heil in der Flucht und setzte uns direkt vor den Wind, wobei er unseren Südwestkurs verließ und nun direkt auf Formosa zuhielt.

Seine Verwegenheit in Ehren, aber das Piratenpack hätte uns binnen Kurzem geentert, wäre nicht südlich von Yih-Pan die ohnehin steife Brise weiter aufgefrischt. Die Piratenflottille wurde auseinandergetrieben, dieweil uns der Frühlingssturm immer weiter aufs offene Meer hinaus peitschte. Dabei hieb er wie ein wütender Drachen auf unsere Dschunke ein und schmetterte sie gegen Wellenberge, drückte sie bedenklich tief in Wellentäler. Die Segel zu trimmen wagte keiner mehr, hätten doch die hohen Brecher jeden, der sich nicht festklammerte, von Bord gerissen. Die Dschunke stampfte und rollte so heftig, dass an Navigieren nicht mehr zu denken war. So boten wir dem Drachen bald Bug, bald Back-, bald Steuerbord als Angriffsfläche – bis schließlich beide Masten brachen und der Schiffsrumpf leckschlug. Ich konnte mich gerade noch am

Griff einer hölzernen Truhe festbinden, ehe die Planken unter meinen Füßen in die Tiefe sanken.

Am Abend flaute der Sturm ab, und so dümpelte ich unter verhangenem Firmament in eine fürchterliche Finsternis. Was war ich matt, was war ich verzweifelt. Und was war ich froh, unter den Kleidern des Kapitäns Hirsewein, Meicai und Küchlein zu finden.

Die Wogen spielten elf Nächte mit der Truhe, wobei ich offenbar immer weiter gen Süden driftete. Ich war längst ausgedörrt und benommen, als im morgendlichen Gleißen leewärts Gischt aufsprühte. Mit Händen und Füßen paddelnd hielt ich auf diese Untiefe zu und schrammte schließlich über Steinkorallen hinweg. Hinter der Riffkante lag die See ruhig und westwärts ragte ein ebener Felsstreif auf. Eilends band ich mich los und taumelte durchs Flachwasser zu dem vermeintlichen Fels – der sich im Näherkommen als eine Mauer erwies. Diese war beinah fugenlos gesetzt und vier oder viereinhalb Bu hoch.

»Viereinhalb Bu?«

»Über den Daumen gepeilt zweiundzwanzig Fuß. Er schrie, was seine Kehle hergab ...«

Ich schrie, was meine sehrende Kehle hergab, wähnte ich mich doch vor einer Seefestung oder einer Feuerblüse, vielleicht auf einer Landzunge nahe Tianya Haijiao. Da niemand antwortete, watete ich an der gekrümmten Mauer entlang. Nach etwa hundert Bu im Schatten schien mir die Sonne von vorn ins Gesicht. Nun ging mir auf, dass das Bauwerk rund war und dass es auf einer Insel stehen musste. Ringsum keine Spur vom Festland: Ich war hinterm Ende der Welt gestrandet.

Beinah zurück am Ausgang meiner Suche, entdeckte ich

eine Treppe. Seepocken knirschten unter meinen Sohlen, als ich zu der mannshoch überm Meeresspiegel eingelassenen Pforte hinaufstieg. Im Inneren der Mauer ging es weiter treppauf und jenseits der obersten Stufe ebenso steil treppab.

Außer Atem trat ich ins Zwielicht eines schmalen Säulengangs. Dieser verlief entlang der Innenmauer und bot aberhundert Ausblicke auf einen gut und gerne elf Mu großen Innenhof. Dessen unverstellte Fläche war von einem filigranen, unter der Mittagssonne flirrenden Mosaik bedeckt. Das Mosaik bot eine Karte dar, deren fremde Gestade, Gebirgszüge und Ströme ich einer Sagenwelt zuschrieb – bis ich Nippons Inseln und dahinter das Reich der Mitte erblickte. Doch wo waren die Mönche, wo die hochrangigen Generäle oder Emissäre, denen dieses wundersame Kartenwerk zum Nutzen gereichen mochte? Auf meine Rufe hin schlugen nur Echofetzen von der Mauer zurück.

Nachdem ich den Innenhof in Gänze umrundet hatte, sank ich erschöpft auf einer Treppe nieder, die vom Säulengang zur Karte hinabführte. Ich weiß nicht, wie lang ich im Schatten verschnauft hatte und wie oft ich in Tagtraum oder Schlaf gesunken war, aber die Sonne stand bereits tief und schaffte es gerade noch über die Mauerkrone hinweg, als mir aus der Mitte des Mosaiks ein Widerschein ins Auge fiel.

Ich überquerte ein am Kartenrand liegendes, weißes Reich und ein gewaltiges Meer. Zu meiner Rechten tauchten zahlreiche kleine und größere Inseln auf und zu meiner Linken ragte ein mächtiger Landkeil ins Blau. Ungefähr mittig zwischen diesen Gestaden lag jene funkelnde Stelle, um die herum acht winzige Inselchen in die Karte eingelassen waren. Doch bevor ich das Funkeln erreichte, überkam mich eine sonderbare Schwäche und mit ihr das Gefühl, der Fußboden verflüssige sich. Beim letzten Lichtstrahl der Abendsonne versank ich im Mosaik und wurde von einem lauwarmen Wasserschwall rücklings niedergeworfen. Wellen umspielten mich. Der Ohnmacht nahe schleppte ich mich an Land. Die Sonne stand unversehens wieder im Zenit, und ich war an einem unbekannten Strand, über dem ein Stahlvogel kreiste.

– Sie wollen doch nicht allen Ernstes behaupten, dass Ihr Militärgeheimdienst auf dieses Seemannsgarn hereingefallen ist?

RAFP und SIS hakten die Causa *Pi* zügig ab. Sie schickten ein Kabel an die chinesische Vertretung in Colombo und überstellten Pi Shu-Xi in die geschlossene Abteilung des Royal Naval Hospital, wo er bis zur Klärung seines kriegsrechtlichen Status verbleiben sollte.

Dort wurde Pi jedoch nie als Patient registriert. Auch im Gefangenenlager und bei der chinesischen Vertretung fand sich später keine Spur von ihm. Er war also schlichtweg nicht mehr aufzutreiben. Deshalb hatten wir einen schweren Start, als wir uns nach Kriegsende auf die Suche nach der geheimnisvollen Insel machten.

– Wen glaubt er, hier an der Nase herumführen zu können?
– Ich hab's ja von Anfang an gesagt.

So wie viele unserer RAF-Kameraden wechselten Lance und ich später in die zivile Luftfahrt. Wir flogen beide bis 1974 für BOAC, und ich blieb nach der Fusion noch weitere acht Jahre bei *British Airways*, während Lance schon seinen Ruhestand auskostete. Das Haus in Hong Kong, das ihm seine Schwiegereltern hinterlassen hatten, wurde zum

Hauptquartier für unsere Erkundungen im Südchinesischen Meer.

Auf Seekarten und bei Überflügen hatte wir bereits alle kartografierten Archipele und Atolle unter die Lupe genommen. Nun arbeiteten wir uns, von den Pescadoren-Inseln ausgehend, Planquadrat um Planquadrat in südlicher Richtung ins offene Meer vor, wobei uns Reliefkarten des Meeresbodens vielversprechende Richtpunkte lieferten. Auch wenn wir nichts fanden – und Jahr um Jahr haben wir nichts gefunden –, sollten es doch viele wunderbare Rundflüge und Segeltörns werden … bis Lance an Kehlkopfkrebs erkrankte.

Am 11. Mai war sein fünfter Todestag, und gestern morgen bin ich mit seiner Tochter zu einem Gedenkflug aufgebrochen. Emily übernahm nach vier Stunden das Steuer —

— Emily Li Batten?
— Woher kennen Sie ihren Namen?
— Das spielt keine Rolle. Erzählen Sie weiter!

Emily Li, die fast alle Kopfkissenhefte ihres Vaters zu Geld gemacht hatte und dieses Startkapital in ein kleines Vermögen zu verwandeln wusste, hatte kürzlich Zusatztanks in die Schwimmer unserer *Norseman* einbauen lassen, was ihre Reichweite deutlich erhöhte. Kurzum: Sie wusste auch ohne mein Zutun, worauf es ankam. Nach Hunderten Meilen über offener See, die in diesen Breiten nur selten vom Kielwasser eines Tankers oder Frachters akzentuiert wird, fielen mir die Augen zu.

Ich mochte höchstens ein halbes Stündchen gedöst haben, als Emily mich weckte. Sie hielt auf einen ovalen Riffsaum zu, in dessen Mitte sich ein festungsartiger Rundbau befand, geradeso —

– Wie der Mandarin es beschrieben hatte.

Geradeso, wie Pi es beschrieben hatte. Eine achtzehn Fuß breite Mauer umschloss den imposanten Innenhof. Nirgendwo waren Hoheitszeichen oder Firmenlogos auszumachen, und auf unsere Funkrufe antwortete niemand.

Emily brachte die *Norseman* hinter dem abgesunkenen Korallenriff herunter und ließ sie zur Mauer gleiten. Diese ragte nur sechs Fuß über den Meeresspiegel auf. Dank des hohen Tidepegels konnten wir bequem beilegen und vom Schwimmer auf die Mauerkrone steigen. Von dort überblickten wir den Innenhof in Gänze: Unter uns erstreckten sich das Weltmeer mit all seinen Randmeeren und die von ihnen umspülten Kontinente und Inseln samt Fjorden, Flüssen, Seen und Bergen. Wer dieses Mosaik geschaffen haben mochte, blieb offen, da die Karte unbeschriftet war. Eine Handvoll Mosaiksteine, die auf halber Strecke zwischen Tristan da Cunha und St. Helena lagen, reflektierten die Sonne. Der schmale sichelförmige Schatten der Mauer wich indes hinter die Galapagosinseln in den Pazifik zurück und würde bald verschwunden sein. Die Präzision der Weltkarte beeindruckte mich ungemein. Ich wünschte, Lance hätte sie sehen können.

Während ich auf der Mauerkrone Polaroids schoss, seilte sich Emily aufs Flachdach des Säulenganges und von dort in den Innenhof ab. Als ich zurück an Bord stieg, um weitere Filmmagazine zu holen, verlor ich Emily aus den Augen. Das fiel mir allerdings erst auf, nachdem ich mich abgeseilt hatte: Sie war weder im Säulengang, noch in dem schmalen Aufgang, der durchs Mauerwerk verlief. Da dessen oberste Stufe derzeit das letzte Hindernis für das aufsteigende Meerwasser war, konnte sie auf diesem Weg nicht nach draußen gelangt sein. Mir schwante, was passiert sein musste. Ich stürzte hinaus auf den Innenhof.

Die Sonne stand mittlerweile im Zenit und wurde vom Mosaik ungebeugt nach oben zurückgestrahlt. Da mir partout nicht einfiel, in welchem Winkel der Welt ich Emily zuletzt gesehen hatte, musste ich zurück zur *Norseman,* um auf den Polaroids einen Anhaltspunkt zu suchen: Emily mochte in größter Gefahr schweben. Ich setzte in weiten Schritten über Afrika und Madagaskar hinweg und hatte Sumatra bereits im Blick, als mich ein Aufgleißen blendete und ich ins Straucheln geriet.

Eine Woge bremste meinen Sturz. Im Branden drückte sie mich machtvoll nach unten, wo ich über sandigen Grund geschleift und rundum durchgewalkt wurde. Ein Rippstrom riss meine Fliegerbrille und die Kamera davon. Ich hatte bereits mehrere Mundvoll Salzwasser intus, als ich mich endlich vom Meeresboden abstoßen konnte. Mit letzter Kraft kroch ich den steilen Strand hinauf. Dort wurde ich –

– von meinen Männern gefangen genommen. Verstehe. Wollen Sie Ihrer Erklärung noch etwas hinzufügen?

– Die Koordinaten wären ein Anfang ...

I-63QL714

Die Welt, das ist die Suche nach der Welt.
— Ludovic Janvier, *Une parole exigeante*

Wir gingen bei Morgengrauen an Land. Unter unseren Sohlen quietschte schwarzer Sand: in der Brandung zermahlener Vulkanauswurf vermutlich. Doch warten wir die petrologische Analyse ab!

Südostwind strich mit fünf Beaufort über die Brandung, trieb verdorrte Tangfetzen über den Strand. Eine nachlässig abgeladene Transportkiste wurde von jeder achten Welle überspült und seewärts gesogen, anschließend wieder strandwärts geschoben. Die schmale Öffnung der sichelförmigen Bucht, die auf unserer Grundkarte als CTA-37 verzeichnet war, dämpfte die auf- und ablandigen Kräfte des offenen Ozeans. Alle weiteren hydrodynamischen Faktoren – unter Wasser liegende Lavakissen, Skelette, Wracks oder halbwüchsige Korallenriffe – galt es erst noch zu erfassen. Wir zogen die Kiste aus dem Gischtsaum und schleiften sie zu unserer übrigen Ausrüstung, die trocken innerhalb der markierten Landezone lag. Die letzten Leuchtstäbe verglommen.

Hinterm Strand stieg ein bewaldeter Hang an. Das Sirren, Singen und Schreien, das aus diesem Laubwall drang, mochte dazu verleiten, den noch verborgenen Insekten, Sauropsiden und Säugern zu unterstellen, sie seien erleichtert oder bestürzt darüber, dass die Sonne ein weiteres Mal am Horizont erschien. Doch derlei Regungen verlässlich zu erfassen, war unser mobiles Labor nicht ausgerüstet – womit der Rahmen dessen feststand, was wir auf dieser Expedition aufzeichnen würden ... und was sich später über die Insel I-63QL714 nachschlagen ließe.

Ehe die Sonne den Zenit erreichte, waren unsere patent verstauten Analysemodule unter Schutzdächern aufgebaut und alle Roboter einsatzbereit. Wir machten uns mit Klopfschirm, Käferfallen und Klappspaten ins Unterholz auf und folgten dem Verlauf des Baches RIH-8 bis zu dessen Quelle, um Wasser- und Sedimentproben zu entnehmen, um Mollusken, Amphibien und Fische zu bestimmen, zu zählen. An mutmaßlichen Schöpfstellen nachtaktiver Säuger, Raubvögel und Landschildkröten bauten wir Videofallen auf. Dabei wurden wir von Stechmücken und Spinnentieren zerstochen, und beim Inventarisieren der Flora erging es uns keinen Deut besser.

Fünf Wochen später war unsere Erkundung weitgehend abgeschlossen, waren achtundneunzig Prozent der Insel erfasst. Wir hatten mithilfe der Tauchroboter das submarine Ökosystem katalogisiert, die gesamte Küste kartografiert und die äußere Schorrenkante mit Funkbojen markiert. Auf dem schneebedeckten Gipfel des Massivs MZO-1 hatten wir weitere Peilpunkte installiert. Zwar waren wir von einer technischen Störung im Zeitplan zurückgeworfen worden, aber mittlerweile kam die Eiskernbohrung am

Kargletscher GLR-1 wieder planmäßig voran. Im Basislager surrten die Scanner, liefen die Analysegeräte im Dauerbetrieb. Wir sequenzierten die DNA einer sechsfingrigen Unke, isolierten die Verdauungsenzyme eines fleischfressenden Pilzes, benannten bislang unbekannte Laufkäfer und Libellen. Im Schatten der Schraubenbäume, die den Strand PYA-37 säumten, dämmerten wir kraftlos unter einem Schutznetz; das Anthelminthikum schlug an, setzte jedoch nicht nur den penetranten Würmern zu.

Als wir am GLR-1 die Eisbohrkerne für den Abtransport vorbereiteten, machte der über uns schwebende Geoscanner eine bislang unregistrierte Höhle aus. Ihr nahe der Karschwelle liegender, kaum schulterbreiter Zugang mochte von Geschiebe verdeckt gewesen und erst heute vom Schmelzwasser freigespült worden sein. Genaueres würde sich erst beim Abgleich der Luftbilder zeigen. Fest stand, dass wir das Bodenradar überprüfen mussten.

Im Mondlicht gleißte die Gletschermilch, die den RIH-26 speiste. Durch das Bachtal brachten wir einen Tauchroboter aus dem Basislager herauf. An der Endmoräne zogen wir alle freien Kräfte für eine Sonderschicht zusammen: Uns blieben nur noch fünfhundertsiebzig Minuten bis zum Ende der Expedition. Zwei Scheinwerfer leuchteten den Höhleneingang aus – eine schräg abwärts führende Felsspalte, durch die wir uns in eine ausgehärtete Lavaröhre abseilten. Wir folgten dem Rinnsal. Von der Bogendecke herabragende Gesteinszapfen erschwerten unser Vorwärtskommen. Nach dreiundfünfzig Metern weitete sich die Lavaröhre zu einem Hohlraum, der durch Gaseinschlüsse entstanden sein dürfte. Hier mündete das Rinnsal in einen unterirdischen See. Wir machten den Tauchroboter startklar.

Im Morgengrauen stiegen wir vom MZO-1 ab. Die außerplanmäßige Erkundung der Höhle, die nun als CAV-5 auf der Karte verzeichnet war, hatte uns in Verzug gebracht. Am südsüdöstlichen Horizont tauchte schon unser Speicherschiff auf. Es erreichte das Basislager zwei Stunden vor uns und verdunkelte mit seinem Schatten den zur Bucht abfallenden Hang. Das Sirren, Singen und Schreien im Wald war verstummt, gerade so, als fürchteten oder hofften die Insekten, Sauropsiden und Säuger, die Sonne niemals wiederzusehen. Wenn wir derlei Regungen aufzeichnen würden, bliebe für die Statistik zu ergänzen, dass die animalischen Vorahnungen diesmal ins Schwarze trafen.

Kaum hatten wir uns vollzählig an Bord zurückgemeldet, wurden die Förderroboter aktiviert. Sie verbrachten bereits erste Rohstoffmargen in die Frachträume, als wir noch in der Schleuse dekontaminiert wurden. Nachdem all unsere Datensätze auf den Zentralrechner überspielt waren, zogen wir uns in unseren Ruheraum zurück.

Am Nachmittag stiegen wir schwerbeladen auf Flughöhe. Der Ozean unter uns blieb uferlos zurück. Dort, wo I-63QL714 gelegen hatte, war das Wasser durch gelöstes Gesteinsmehl getrübt, flockten schlammgraue Schaumkronen. Wir schwenkten auf Kurs ein, beschleunigten. In Kürze werden wir die nächste Landezone erreichen.

Hurricane Ally

> Die Technologie ist da und wartet
> darauf, dass wir das alles bewerkstelligen:
> Die Nacht beherrschen. Das Wetter
> beherrschen.
>
> — Gordon R. Sullivan, *Moving into the 21st Century*

Gonzalo: Ad-hoc-Prognose

Beim Briefing hatte irgendwer zwei Becher auf meinem Klemmbrett abgestellt. Die Kaffeetropfen, die dabei am Kartenrand zurückgeblieben sind, liegen jetzt als Inseln südöstlich des tropischen Tiefdrucksystems *Gonzalo*. Fernab seiner Zugbahn sollte die Inselgruppe von Sturmspitzen und Wassermassen verschont bleiben.

Inzwischen ist alles Equipment für unser Experiment verladen und die Startbahn freigegeben. Die *Weatherbird* nimmt Kurs aufs Auge des Hurrikans.

The Cyclone

Es waren L. Frank Baum, W. W. Denslow und mein Vater, die mich neugierig auf Wirbelstürme machten. Damals lebten wir in einem Kaff nahe Kaiserslautern, also Tausende Meilen von Kansas entfernt, und ich hatte noch nie ein heftigeres Unwetter erlebt als dieses pfälzische Sommergewitter, bei dem Blätter, Blüten und Brausetüten durch die Luft wirbelten, bei dem sich Gossen in Sturzbäche verwandelten, bald auch Traufrinnen und Regentonnen überliefen, während die Zeitabstände zwischen Blitz und Donner, die wir Kinder mit zittrigen Fingern abzählten, kürzer und kürzer wurden, wobei das Grollen immer heftiger von den umliegenden Höhen widerhallte, sodass es zuweilen klang, als ob manche Donnerschläge ihren Blitzen vorauseilten.

»Kinkerlitzchen«, wiegelte mein Vater ab. »Andernorts geht das als halbwegs passables Wetter durch. Warte, Ally, ich zeig dir was –«

Mein Vater hatte als Sanitätssoldat im Koreakrieg gedient. Inzwischen war er Chirurg am 2nd General Hospital und galt als *die* Koryphäe der US Army Europe, wenn zerfetzte Gefäße wieder zusammengeflickt werden mussten. Seine Hände waren so ruhig, dass wir bei Mikado nie eine Chance gegen ihn hatten. Von den heftigen Unwettern, die er während seiner Dienstzeit erlebt hatte, würde er allerdings ein andermal berichten. An jenem Nachmittag zog er stattdessen *The Wonderful Wizard of Oz* von L. Frank Baum aus seinem Regal: »Ein Wirbelsturm – das nenne ich ein höllisches Wetter. Der fegt Katzen und Kälber davon, wirft Busse und Trucks wie Spielzeug auf die Seite und manchmal trägt so ein Sturm ein ganzes Haus mit Maus und Mensch davon.«

Er hatte zu einer Illustration geblättert, auf der ein Häuschen, ein Fuhrwerk und ein paar Fässer durch die Luft wirbelten, und erklärte nun, dass es sich bei dem *Zyklon*, den die Kapitelüberschrift versprach, genau genommen um einen Tornado, also einen Landwirbelsturm handelte. Überm Atlantik und Ostpazifik hingegen gebe es Hurrikans. Letztendlich seien beide, also Tornado und Hurrikan, gewaltige Sturmwirbel, die so ähnlich wie die Strudel über dem Wannenabfluss aussehen, nur dass sie sich eben nicht im Wasser, sondern am Himmel drehen. Allerdings könnten nur Tornados Häuser einsaugen, ein Hurrikan würde sie umblasen. Nach dieser Einführung reichte er mir das Buch und forderte mich auf, die Details in meinem Zimmer nachzulesen.

Dabei lernte ich, dass der Luftdruck in einem Wirbelwind so hoch ist, dass ein kleiner Hund, der durch die offene Bodenklappe eines fliegenden Häuschens fällt, nicht abstürzt, sondern von der Luft getragen wird und am Ohr zurück ins Zimmer gezogen werden kann. Eine Simulation mit dem Haartrockner meiner Mutter bestätigte dies: Zwar blies der Föhn nicht stark genug, um die Badewannenente in der Luft zu halten, aber einen Tischtennisball konnte ich damit schweben lassen.

Im zweiten Kapitel lernte ich, dass ein kleines Haus, sofern es nur von einem Tornado an der richtigen Stelle abgesetzt wurde, grausamen Hexen den Garaus machen konnte. Also können wir uns Stürme zunutze machen, oder?

Unverhoffte Gnadenakte der Thermik (Auszug)

„Es geschehen noch Wunder" – Klappe, die Zweite: Im Sommer 1981 stieß über der russischen Oblast Amur eine Linienmaschine der *Aeroflot* mit einem Wetteraufklärer der sowjetischen Luftstreitkräfte zusammen. Beide Maschinen zerbrachen noch in der Luft. Doch das zwölf Quadratmeter große Heckfragment der *Antonow*, auf dem sich der Sitz von Larissa S. befand, stabilisierte sich horizontal und ging in einen turbulenten Gleitflug über.

„Wie eine Katze, die vom Dach fällt und sich dabei in die optimale Position dreht", sinniert die damals zwanzigjährige

Passagierin im Rückblick, „oder wie ein Laubblatt, mit dem der Wind spielt."

Die russische „Ikaruschka", die ihren achtminütigen Himmelsturz bei vollem Bewusstsein durchlebte, erinnert sich noch heute lebhaft daran, wie sie auf die Taiga zuraste: „Unter der tiefhängenden Wolkendecke ein grüner Blitz, ein heftiger Schlag und ich verlor das Bewusstsein ..."

Gonzalo II

Immer mehr Wolkenfetzen verdecken die mattblaue See unter der *Weatherbird*, und hinter einer größeren Lücke ragen Cumulusriffe auf. Der Cirrusschleier über uns dimmt die Sonne. Unsere Messungen und Berechnungen sind im vollen Gange. Gelb-rote Radarechos kündigen mächtige Regenbänder an – in zwölf Minuten werden wir den äußeren Spiralarm des Hurrikans erreichen. *Gonzalo* ist mittlerweile viereinhalb Grad von der Zugbahn abgewichen, die auf meiner befleckten Karte eingezeichnet ist. Die Bohrinsel, auf die er nun zuhält, ist glücklicherweise bereits evakuiert worden.

Voraus kommen aufgereihte Wolkenhaufen in Sicht. Bevor wir auf Tuchfühlung mit dem Hurrikan gehen, checkt Terence ein letztes Mal die Abwurfvorrichtung und setzt die erste Dropsonde ein. Dann sichern wir alle losen Utensilien und legen unsere Gurte an. Vor meiner ersten Tour mit einem Hurrikan-Aufklärer hatte mich der Pilot gewarnt, uns erwarte eine gigantische Wärmekraftmaschine, die fast minütlich die Energie einer Atombombe freisetze, und wir müssten mitten hinein in ihren Dampfkessel.

Die Rotorblätter schreddern durch dichte Gewitterwolken. Der Luftdruck fällt rapide, und der Wind frischt weiter auf, peitscht Regen gegen den Flugzeugrumpf – mit 77 ... 81 ...

84 Knoten. Eine Bö schert unter die Tragflächen, drückt mich tief ins Polster.

Kopfsachen: Ad-hoc-Kritik

Dass ich *The Wizard of Oz* zuerst im Krankenhaus sah, wirkte sich sicherlich auf mein Urteil aus. Damals enttäuschte es mich maßlos, dass der Film den wilden Sturmflug zum Traum eines bewusstlosen Mädchens degradiert: Ein Fensterflügel, vom Wind aus dem Rahmen gerissen, prallt gegen Dorothys Kopf, woraufhin das Mädchen ohnmächtig niedersinkt. Als sie die Augen wieder öffnet, hat der Tornado das Häuschen bereits eingesaugt und emporgewirbelt, wobei die hierbei erwartbaren g-Kräfte keinerlei Effekt auf Dorothy und Toto haben. Auch die mitten im Wirbel driftenden Leute und Tiere werden nicht von den tobenden Elementen in Mitleidenschaft gezogen: Die im Lehnstuhl strickende Alte und die zwei Angler, die Dorothy grüßen, ehe sie im Tornadorüssel davonrudern, bleiben Fragmente harmloser Geschichten. Zuletzt radelt die gemeine Miss Gulch vorm Fenster vorüber, wobei ihr Fahrrad in einen Hexenbesen überblendet und Miss Gulch zur Wicked Witch of the West wird.

Gonzalo III

Nach 140 ruppigen Sekunden und einem letzten Downburst, der mir die Gurte mit zweieinhalb g in die Brust schnürt, schießt die *Weatherbird* aus der Augenwand zurück ins Licht: Wir sind im Auge des Hurrikans angelangt. Unter klarem Himmel ragt ringsum ein gewaltiger Wolkenkranz auf. Zehntausend Fuß unter uns schäumt die See – eine sandhaltige Melange, die Kiemen und Korallen schmirgelt.

Über dem Mittelpunkt des Auges, dort, wo die Windgeschwindigkeit bei Null liegt, wirft Terence die nächste Messsonde ab. Nachdem alle Daten eingelesen sind, schwenken wir auf die geplante Innenumlaufbahn ein und kreisen dicht entlang der Augenwand: Nun kann es losgehen!

Kopfsachen II

Bis auf eine neun Zoll lange Narbe am Oberschenkel, die mich modisch einschränken würde, verließ ich das Krankenhaus ohne dauerhafte Beeinträchtigungen. Weder an der Highschool noch am College gelang es meinen Mitschülern je, mich bei Darts oder Jenga zu schlagen. Ich hatte die Hand-Auge-Koordination meines Vaters geerbt. Trotzdem kam für mich nie infrage, Mikrochirurgie zu studieren.

Mein Bruder Jeremy, der den Unfall dank seines Kindersitzes unversehrt überstanden hatte, unterbreitete mir letztes Jahr, er habe unter analytischer Hypnose rekonstruiert, warum Vaters sagenhafte Hände nicht verhindern konnten, dass wir von der Fahrbahn abgekommen sind. Laut Wetterdienst hatte es am Unfalltag jedoch gar kein Blitzeis gegeben.

»Dann war es eben eine Ölspur«, beharrte Jeremy.

Popeye & Co.

Auf die Genesis oder die Sintflut wolle er an dieser Stelle nicht eingehen, verkündete Lt. Col. Brax vom Air War College. Darüber war ich heilfroh, denn wie die meisten im Auditorium hatte ich seit dem Lunch bereits vier Vorträge gehört. Irgendwer ließ die Jalousien herunter, weil die Abendsonne das Beamerbild störte.

Brax begann mit Homers Versen über Aiolos, der alle widrigen Winde in einen luftdichten Ledersack verbannte, um Odysseus' Segelschiff eine sichere Heimfahrt zu ermöglichen. Nachdem er seine klassische Bildung hatte aufblitzen lassen, bewies Brax mit *Markus* 4:39 seine Bibelfestigkeit, und mit einer zeitgenössischen Schilderung des Hagelschießens leitete er schließlich zur modernen Wetterbeeinflussung über.

Ein gescanntes Polaroid zeigte Brax in einer Studentengruppe neben Professor Vonnegut. In den 1940ern sei Vonnegut als experimenteller Chemiker ein Geburtshelfer des Wolkenimpfens gewesen. Nachdem Brax uns die Wirkung des Silberiodids erläutert hatte, kam er mit *Project Popeye* auf dessen großangelegten Einsatz im Vietnamkrieg zu sprechen: Durch gezielt verstärkten Regen sei der Ho-Chi-Minh-Pfad quasi in eine Matschrinne verwandelt worden, was den Transport schwerer Waffen für Charlie zum logistischen Alptraum verwandelt habe. Der übersäuerte Regen habe zudem die Leistungsfähigkeit des feindlichen Boden-Luft-Abwehrradars eingeschränkt, usw. usf. Im Grundton persönlicher Demütigung verwies Brax jedoch darauf, dass mehrere Resolutionen des Kongresses und die UN-Konvention 31/72 derlei vielversprechenden Anwendungen mittlerweile enge Grenzen steckten.

Die Kraftworte, die ihm dabei entschlüpft waren, neutralisierte er mit ein paar atemberaubenden Satellitenaufnahmen, ehe er mit einem weiteren Polaroidscan das Meteorologenpaar Robert und Joanne Simpson einführte. Unter deren Ägide habe eine Gruppe wagemutiger Impfflieger versucht, tropische Wirbelstürme abzuschwächen. Allerdings sei *Project Stormfury* auf einer fehlerhaften

Arbeitshypothese aufgebaut gewesen. Ich zückte meinen Stift.

Gonzalo IV

Wir klinken die Mutterkapseln entlang des nahezu windstillen Augenrands aus. Im freien Fall zünden ihre Düsen, und ein Steuerprogramm bringt sie in den vorherbestimmten Sektor: Vom Meeresspiegel aufwärts in gleichmäßigen Abständen gestaffelt, bilden diese Sektoren auf meinem Monitor eine Art Reuse, deren Maschen sich innerhalb weniger Minuten mit blauen Kontrollpunkten füllen. Sobald die letzte Kapsel unterwegs ist, legen wir die Sicherheitsgurte an – sind abermals unter Condition One. Schon hämmert *Gonzalo* wieder auf uns ein: »Ihr musstet euch ja unbedingt so einen Berserker aussuchen«, frotzelt der Radartechniker.

Als die *Weatherbird* dreitausend Fuß weit in den brodelnden Wolkenstrom eingedrungen ist, aktiviere ich die Mutterkapseln.

Sicherheitspolitische Herausforderungen (Auszug)

Bedrohungsszenario 19b: Im Maghreb und Sahel beginnen großflächige Aufforstungsprojekte. Hierbei ist unerheblich, aus welchen Motiven diese vorangetrieben werden: Entwicklungshilfe oder Ökoaktivismus sind ebenso denkbar wie (adverse) Wettersteuerung. Die anwachsenden Grünflächen reduzieren den massiven Eintrag von Sandpartikeln in die Atmosphäre, wodurch deren hemmender Einfluss auf die ostatlantische Zyklogenese schwindet, schlimmstenfalls gänzlich entfällt. Infolgedessen steigen Frequenz und Intensität, mit der alljährlich Hurrikans auf unsere Küsten treffen. Dies würde sowohl wachsende Sachschäden und Todeszahlen zur Folge haben, als auch unsere Kampfverbände im Atlantik und in der Karibik unvorteilhaft einschränken.

Erarbeiten Sie Lösungsvorschläge!

Gonzalo V

Wie sich unser Experiment entfaltet, werden wir nur via Satellit und über unsere Bordsensoren verfolgen können. Im Reusenraster auf meinem Monitor springen alle blauen Kontrollpunkte auf Grün um: Die Mutterkapseln im Auge des Hurrikans sollten sich also geöffnet haben und nun planmäßig ihre Ladung ausbringen.

Indessen nimmt uns *Gonzalo* mächtig in die Mangel. Mehrere Updrafts in kurzer Folge erwischen die *Weatherbird* so heftig, dass es sich anfühlt, als wären wir mit einem Sessel, einem Angelboot und einem Häuschen kollidiert. Mir ist völlig klar, wie aberwitzig das klingt. Doch Terence schaut mich an, als wäre ihm derselbe Gedanke durch den Kopf geschossen – und schon recken wir uns zu den Kabinenfenstern.

Wetter: Modulsatz VIII

»Warum nicht?«

– Eduard Cimermans Reaktion auf den Aphorismus von Albert Einstein, er könne keinen Augenblick glauben, dass der Herrgott würfele.

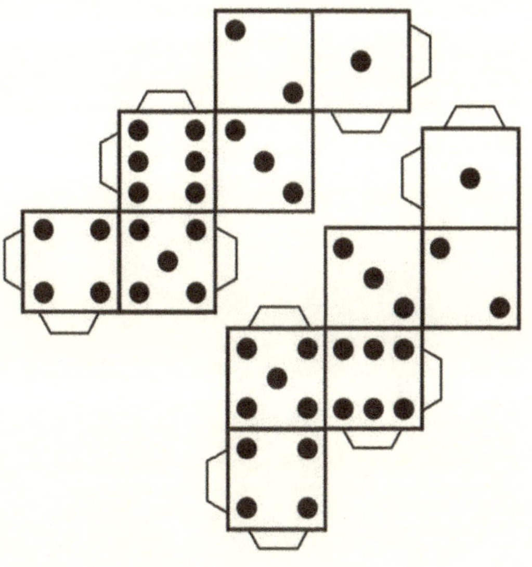

Vorlage: Würfel

⊡ ⊡ Alle Schatten waren geschmolzen und unter die Bankette geflossen. Der Asphalt warf Blasen. An den Spielregeln änderte das nichts: Der Unglücksrabe, der beim Losen den kurzen Halm gezogen hatte, wurde barfuß zum Straßenrand gedrängt.

⚀ ⚂ Brummten da Turbinen tief unter den Dünen? Oder summten die Sandkörner ihren ureigenen Maqam? Vielleicht waren es ja Seufzer, die aus dem Jenseits drangen? Der Wind entlockte der Wüste die sonderbarsten Geräusche und trug sie über Kilometer weiter. Abkühlung brachte er keine. Aziz verfluchte den Satelliten, der ihm diese Mission unter freiem Himmel eingebrockt hatte. Wie viele Grad Kelvin mochten noch fehlen, um den Sand unter seinen Sohlen zu schmelzen? Ob ein Mensch in Wüstenglas versinken und auf immer eingeschlossen bleiben könnte, wie ein Floh in Bernstein?

⚀ ⚂ Weiter mit Modulsatz: *Wetter IX*

⚀ ⚃ Was heißt schon *schwül,* wenn nicht viel fehlt, dass Fische durch die Luft gleiten könnten. Noch immer tropft Regenwasser von Blättern und verdreckten Traufen, rinnt am Kirchturm hinab übers Baugerüst und sammelt sich schließlich in Pfützen … nur, um unter der aufgehenden Sonne wieder aufzusteigen, in feinen Schwaden, wie ein sichtbar gewordenes *Gloria.* Die Feuchte dringt in jede noch so kleine Ritze und lässt, sofern dies überhaupt noch möglich ist, die Bretter weiter aufquellen, lässt Farbe in Placken abspringen und auf freigelegten Flecken Schimmel gedeihen: So wächst eine Landkarte auf der Wand. Doch wird sie den Padres weder das Versteck des Aztekenschatzes, noch einen Rückzugsplan offenbaren – dessen, und dessen allein, ist Izel sich sicher.

⚀ ⚄ Luftdruck und Temperatur hatten sich schon so lange nicht mehr verändert, dass Ksaveras skeptisch gegen die Messgeräte schnippte.

⚀ ⚅ Mit gekonnten Paddelstichen manövrierten die Katastrophenhelfer um die Sessellehnen, die wie Klippen aus der trüben Brühe ragten, und ließen das Schlauchboot über die Rezeption hinweg in den Speisesaal gleiten. Eine Schlammlawine hatte die Fensterfront niedergerissen und so das Flachdach zum Einsturz gebracht. Wolken wie Bäuche trächtiger Elefantenkühe hingen über ihnen, und vom Horizont her schnitten unbarmherzige Sonnenstrahlen durch die Trümmer.

⚁ ⚀ Über den Dächern der ausgeschlachteten Caravans flimmerte die Luft. Von der Schnellstraße hallte eine Fehlzündung herüber. Der rücklings gefesselte Gaucho kam zu sich, ächzte. Pablo rollte den Schlauch bis zum Planschbecken aus, wo er die Sprühdüse verkeilte, bevor er zurück zum Anschlussrohr humpelte. Die aus dem Abflussschacht aufgescheuchten Moskitos hatten sich bereits wieder zurückgezogen und verharrten, als Pablo das Wasser aufdrehte, wohlweislich im Schatten. Der Wasserhahn vibrierte. Unter dem schlängelnden Schlauch knisterten verdorrte Grashalme. Der Pegel im Planschbecken stieg. Schon wand sich der Gaucho, um seinen geknebelten Mund über Wasser zu halten.

⚁ ⚁ Der Taifun peitschte uns immer weiter aufs offene Meer hinaus. Dabei hieb er wie ein wütender Drachen auf die Dschunke ein und schmetterte sie gegen Wellenberge, drückte sie bedenklich tief in Wellentäler. Die Segel zu trimmen wagte keiner, hätten doch die hohen Brecher jeden, der sich nicht festklammerte, von Bord gerissen. Die Dschunke stampfte und rollte so heftig, dass an Navigieren gar nicht mehr zu denken war.

⚁ ⚂ Frittentüten trieben über die Uferpromenade. Markisen knatterten. Böen stäubten Gischt auf Bullaugen und Brillengläser. Die Tröpfchen wurden derart fein zerblasen, dass Maxwell tatsächlich glaubte, einzelne Moleküle ausmachen zu können.

Kamohelo würgte den Motor seines Trucks ab. Er kam neben einem Biker zum Stehen, der im Schutz der 10th-Street-Bridge auf dem Seitenstreifen ausharrte. Über den Rand der Brücke, deren Generalüberholung vor ein paar Wochen ins Stocken geraten war, prasselten Sturzbäche auf das vor ihnen liegende Stauende und verwandelten die Ladefläche eines Pick-ups in einen Whirlpool. Durch die unregelmäßigen Faltenwürfe des Wasservorhangs sah Kamohelo mehrere Dutzend Rücklichter und Blinker auf der voraus liegenden Ausfahrt: rote und orange Leuchtquallen, die auf dem Asphalt zerliefen – und bald schien es ihm, als würden sie mitsamt der Fahrzeuge zurück auf den Highway gespült.

⚁ ⚄ »Lad nach, Gorin! Deine Scheiß-OECD kann auf meiner Pimmelspitze zurück nach Wien reiten.«

Was war nicht alles in die Modellierung der ballistischen Bahn eingeflossen? Dutzende tabellarisierte Werte, wie etwa die Abschussgeschwindigkeit, die Querschnittsbelastung der Granate und die lokale Fallbeschleunigung, außerdem die Entfernung zum Ziel und der Geländewinkel sowie eine Litanei atmosphärischer Parameter: Lufttemperatur, Luftdruck, Luftfeuchtigkeit, die Luftdichtedifferenz, der Luftwiderstand, die molare Masse und die dynamische Zähigkeit der Bodenluft sowie die aktuelle Abweichung vom Standardwind. Aus alldem und ein paar cleveren Codezeilen hatte ihr Feuerleitrechner die passende Rohrerhöhung für die optimale Geschossbahn hin zum gegnerischen Gefechtsstand errechnen sollen. Trotzdem klaffte jetzt ein Loch im Obergeschoss des im Schussfeld stehenden Wohnblocks, und von irgendwoher heulten Krankenwagen oder Löschzüge heran. Die Selbstfahrlafette hinter dem brennenden Plattenbau feuerte indes immer noch.

»Schneller, Gorin, beim nächsten Versuch dieser Furzfotzen sind wir bloß noch Hundefutter.«

⚁ ⚅ Mir war, als wäre bereits die Nacht hereingebrochen. Vom Dunkel überrumpelte Sommerfrischler hetzten zurück in die Stadt, deren enge Gassen noch immer die stickige Schwüle des Nachmittags stauten. Die hoch über den Dächern glitzernden Sterne wurden bisweilen von Wetterleuchten überstrahlt, was Milorad über ein Gewitter munkeln ließ, das hinter der Anhöhe lauern müsse: Nur eine tiefhängende Wolkenfront könne der Dämmerung ein solch vorzeitiges Ende bereitet haben.

⚂ ⚀ Über einem dieser launischen Küstennebel zog nun der Morgen herauf. Selbst Maddox, der sich blinzelnd über die Reling des Krähennests reckte, vermochte keinen Unterschied mehr zwischen den Elementen auszumachen. Die Nebelschwaden hatten dieselbe Färbung wie das lehmige Brackwasser der Flussmündung angenommen. Und schlimmer noch: Die am Vortag gesichteten Einbäume, nach denen die Wachen Ausschau hielten, waren ebenfalls von gräulichem Rot.

⚂ ⚁ Doch nichts schützte den Parkplatz vor ablandigem Wind. Sand, von Abertausenden Flipflops und Gummistiefeln hinter die Flutschutzmauer geschleppt, wirbelte empor und vermischte sich mit Straßenstaub und mit dem Schmutz der Brachen und Feldwege. Von Böen über den Asphalt getrieben, wurden Abertausende Körnchen Schwall um Schwall gegen die Stoßfänger und Karosseriebleche geschleudert: Diese winzigen Einschläge klangen wie das Brutzeln in einer elektrischen Insektenfalle. Fumiko öffnete die Fahrertür und rannte los.

⚂ ⚂ Die Rotoren der Windkraftanlage quirlten das tiefhängende Nebelgrau – ohne irgendeine bleibende Änderung zu bewirken. Dies vor Augen erschien ihm der nächste Schritt auf einmal unsinnig. Überdies kroch die klamme Kälte unaufhaltsam unter seinen Smoking. Und so kam Alonso nicht umhin, zurück in die Rotorgondel zu klettern.

⚂ ⚃ Eine Gewitterfront trieb dichte Schwaden über die Auen. Myriaden praller Tropfen prasselten auf die Waggons, wirbelten als Schleier am Zug entlang und schlierten übers Abteilfenster. Es schüttete mit solcher Inbrunst und Ausdauer, dass Mireya den Schauer zu einem Streitregen heraufstufte. Diese verballhornte Redewendung gefiel ihr ausgezeichnet, begannen doch derartige Regengüsse tatsächlich jäh wie ein Streit und tobten lautstark und heftig, manchmal über Stunden hinweg.

⚂ ⚄ Der Striwind[1] – ein lokaler Luftstrom, der in puncto Bekanntheit und meteorologischer Signifikanz zu keiner Zeit mit seinen namhaften Vettern[2] mithalten konnte, obwohl er mehrere Jahrhunderte lang zwischen der sichelförmigen Bucht am Kap Stribog und dem angrenzenden Warenzer Wäldchen für ein angenehmes, angeblich heilförderndes[3] Mikroklima gesorgt hatte – riss am 21. September 2027 aus bislang ungeklärten Gründen ab[4] und ist seither auch nie wieder aufgetreten.

1 Benannt nach *Strybog*, dem slawischen Gott des Windes, den die auf Warenz siedelnden Wenden (Obodriten) verehrten und dem sie regelmäßig Opfer darbrachten. Darauf verweist auch der Name des Nordkaps, auf dem sich laut mittelalterlichen Quellen die zentrale Kultstelle der Insel befunden haben soll. Im Gegensatz zu den ostslawischen Stämmen, die glaubten, ihr Sturmgott (Стрибогъ; Стривер) hause unter der Erde und neige zu nächtlichen Verwüstungen, scheinen die Warenzer Wenden in Strybog einen wohlgesinnten Weißgott gesehen zu haben.

2 So etwa die 32 provenzalischen Winde, unter denen *Mistral* und *Scirocco* zu den bekanntesten zählen, oder der adriatische *Bora*, der *Košava* im Banat, der vom Vogtland bis in die Sudeten auftretende *Böhmwind*, der südukrainische *Suchowej*, der in den kasachischen und nordchinesischen Wüsten wehende *Buran*, der *Alpenföhn* und seine südamerikanischen Pendants *Zonda* und *Puelche*.

3 Bereits Samuel Gottlieb Vogel (1750–1837), Leibarzt des mecklenburgischen Herzogs und Gründervater des deutschen Seebadewesens, dokumentierte im Entwurf seiner Aufklärungsschrift *Ueber den Nutzen und Gebrauch der Seebäder* (1794) altüberlieferte Schilderungen der wohl-, wenn nicht gar wundertätigen Wirkung des Warenzer Windes. Allein die ungünstige Lage und damit verbundenen Kosten stünden der Errichtung einer Badeanstalt auf Warenz vorerst im Wege. Die Heilwirkung des Striwindes belegen u. a. auch die minutiösen Unterlagen des MfS über Parteisekretär Wernfried Lederer: Dem laut amtsärztlicher Diagnose impotenten Lederer war nach mehrtägigem Aufenthalt am Kap Stribog die Zeugung eines unehelichen Kindes möglich gewesen.

4 Die meteorologischen Daten des umliegenden Ostseeraums weisen weder für diesen noch für die vorangegangenen Tage ungewöhnliche Abweichungen oder Korrelationen auf.

⚂ ⚅ Diesmal allerdings verkannte der Krisenstab die Lage: Erst als das Absperrgitter unter dem Gewicht der Menge kippte, rückten die Wasserwerfer vor.

Der eine oder andere Bauer schien das Unwetter, das die Federales nun entfesselten, für einen süßen Vorgeschmack auf den Regen zu halten, um den sie betrogen worden waren – Regen, den die Hagelkanonen monatelang von ihren Feldern ferngehalten hatten und der sich, sobald die mächtigen, himmelwärts gerichteten Schalltrichter umgestoßen wären, wieder gottgewollt über ihren Feldern ergießen würde.

⚃ ⚀ Während der Hundswache waren die Nordlichter wie Tinte auf spiegelglatter See verlaufen. Nun aber blähte ein ungestümer Achterwind die Toppsegel und walkte den Ozean auf.

⚃ ⚁ Am oberen rechten Rand von Seite 4 hing eine kleine pralle Wolke, aus deren gespitzten Lippen fünf energisch gezogene Linien hinunter zu den Bäumen verliefen – eine (so heißt es in der nächsten Strophe) »garstige Bö, die aus der Höh' herab blies« und das allerletzte rot-braun-gelbe Ahornblatt mit sich riss.

⚃ ⚂ Bláha stieg im Schutz der Litfaßsäule aus und drückte den Wagenschlag sachte zu. Der Nebel, der in den letzten beiden Wochen Abend für Abend am Quai emporgekrochen war und das Licht der Laternen und Leuchtreklamen gedimmt hatte, waberte heute nur träge über dem Fluss. Bláha schob den Revolver in die Manteltasche.

⚃ ⚃ Die Maiparade bricht sich Bahnen
Auf spiegelglatten Frühlingspfützen
Der Widerschein von roten Fahnen
Vermengt mit grau'n Budjonny-Mützen
Und Ordensglanz der Veteranen
Mit Birkengrün und krausen Spitzen
Vor Wölkchen, die zu Haltung mahnen
Bis Hagelkörner Lippen ritzen

⚃ ⚄ Während die viermotorige *Hercules* durch Gewitterwolken schnitt, strömten in jeder Sekunde Aberhunderte Eiskristalle durch das von Lasern aufgespannte Raster – ein Sensorfeld des Bordcomputers, das Größe, Stammform und Kristallisationskerne jeder Flocke registrierte und ihre flüchtigen Strukturen in binäre Folgen überführte.

Nun aber jagte etwas durch das Laserraster, worauf keiner der Sensoren geeicht war. Im Cockpit leuchteten mehrere Dutzend Warnanzeigen auf und Ueli spürte deutlich, wie die *Hercules* an Höhe verlor.

⚃ ⚅ Zwar hatte der Hofgärtner noch eilends Feuerkörbe zwischen die vor der Orangerie aufgereihten Palmenkübel und Paradiesfeigen stellen lassen, doch die garstigen Dunstschwaden, die aus dem kürzlich gefluteten Parkteich stiegen, schlugen als Reif auf den obersten Trieben nieder.

⚄ ⚀ Niemand registrierte die Erschütterungen unter dem vereisten See. Durch die Haarrisse im Untergrund perlte nun vulkanischer Brodem auf. Aus ihren Wintertiefen aufgestörte Fische drängten atemlos zum Sonnenschleier empor und froren allenthalben an der Eisdecke fest: »Da, da ist noch einer!« – So ging die Curlingpartie in einen Zensus über. Durch die kaum getrübte Eisfläche fiel die Artbestimmung leicht. Immer höhere Zahlen gellten dabei über den See. Indes stieg der Gasdruck unterm Eis weiter an.

⚄ ⚁ Frostklar? Mitnichten. Doch dass der Himmel von einem Wolkenschleier überzogen war, bemerkte Tereza erst, als der bleiche Unterleib eines *Airbus* über sie hinwegglitt und im Steigflug durch eine getrübte Luftschicht schnitt.

Dieser beinahe unsichtbare Schleier ähnelte dem Schmutzfilm, der beim Wischen mit einem nur halbherzig ausgespülten Mopp auf Kacheln, Laminat oder Gussfußböden zurückbleibt. Sichtbar wird er nur unter bestimmten Lichteinfallswinkeln (jedoch mit an Gewissheit grenzender Wahrscheinlichkeit während einer spontanen Qualitätsprüfung durch den stellvertretenden Filialleiter, der kurz vor Feierabend noch einmal hereinschneit).

⚄ ⚂ Die Wolkenschicht überspannte die Tundra wie ein inwendig vereister Streithelm. Aqpa warf sich einen weiteren Hummelpelz über, ehe sie aus ihrer Wohnhöhle trat und die Wurfaxt schulterte. Nordwind schlug ihr ins Gesicht, drang in jede Pore. So kühlte das Blut in ihren Gefäßen ab und verharschte bald alle Nervenenden – was der Welt einen noch grausameren Anschein gab. Oder, gemessen an dem, was nun vor Aqpa lag, einen wahrhaftigeren.

⚄ ⚃ JP nebelt auch ohne fluppe: und-wem-frieren-wohl-die-kloeten-ab? genau! JP=ganz-alleine am malochen / noch knapp 50 ausgediente PCs müssen in die SortierHalle / doch die RechenKnechte bewegen sich keinen cm / sind in der ElektroSchrottMulde festgefroren: verfickte-scheisze! JP tritt mit schmackes gegen einen *Compaq SystemPro* – – – und der bricht tatsaechlich aus der dicken EisKruste heraus / knallt gegen die MuldenWand: KABOOM! springt JP=Bruce-Lee mit immer krasseren kung-fu-jumps gegen eierschalenfarbene gehaeuse / wirft den naechsten verbeulten PC samt EisBatzen-Anhang aufs SortierBand / rutscht weg und fliegt: voll-auf-die-fresse – ArbeitsUnfall 100 pro! jetzt humpelt Bruce-Lee≠Bruce-Lee / wird wieder JP und drueckt AugenPipi ab

⚄ ⚄ Nordwärts driftend war die *Irréductible* jedweder Naturkraft auf Gedeih und Verderb ausgeliefert. Schon Wochen zuvor hatte sich der Eispanzer um die Schonerbrigg geschlossen. Zwischen den Backen dieses frostigen Schraubstocks fixiert, vermochte sich ihr Rumpf keinen Zoll weit zu bewegen, und so griffen die Orkanböen (welche Prévôt Roussel als Vektorpfeile ins nächste Schaubild seiner umfassenden Analyse der Unglücksumstände einzeichnen würde) mit aller Kraft in die eisverbrämte Takelage und zerrten immerfort, bis der Großmast auf halber Höhe barst.

Schiffsarzt Landru machte sich sofort daran, Kapitän Butors zerschmetterten Unterschenkel abzusägen.

⚄ ⚅ Sämtliche Disziplinarverfahren würden warten müssen, denn die Tageslosung der Partei lautete: In jede freie Hand eine Schaufel! Hiesige Eisenbahner und städtische Schreibkräfte sowie ein auf Skiern herangeführtes Pionierbataillion kämpften sich zu den überwehten Lokomotiven und Spurpflügen vor. Doch kaum waren sie bis zu den Gleisen vorgedrungen und schippten erste Schwünge rostbraun verfärbten Schnees über die Wehen, brach ein weiteres Gestöber herein.

⚅ ⚀ Dieses jahrelang ungeputzte Fenster hätte selbst einen strahlenden Sommertag einzutrüben vermocht – doch heute, da die untergehende Wintersonne die Flanken einer Wolkenfront rötete, schien es Kees, als zöge die Apokalypse auf und der Leichnam eines schwarz geharnischten Erzengels schwebe über der Stadt.

⚅ ⚁ »Major Chong?«

Im Auge des Hurrikans, tief unter der Raumstation *Tiangong-3,* war der Luftdruck auf 861 hPa abgesunken. Der Wolkenwirbel, dessen Spiralarme vom Äquator bis zu den nördlichen Rossbreiten reichten, wälzte direkt auf die Wespentaille des amerikanischen Doppelkontinents zu. Doch keiner der Taikonauten scherte sich um Hurrikan *Oreios.* In einer Entfernung von 497 Lichtsekunden braute sich ein weitaus gefährlicherer Sturm zusammen.

»Können Sie mich hören, Major Chong?«

⚅ ⚂ Auch diesmal siehst du über dir vereinzelte rote Flockenwolken, siehst noch weiter oben ein wirres Gekritzel aus Kondensstreifen, siehst ein Flugzeug im letzten Lichtstrahl aufblitzen. Dann weicht die Dämmerung einer konturlosen Nacht. Als du nichts mehr siehst, öffnest du die Augen.

⚅ ⚃ Warum der Säbelzahntiger von ihm abgelassen hatte, lässt sich nicht mehr rekonstruieren. Das malträtierte Jungtier mochte sich noch ein paar Meter durch den Neuschnee geschleppt haben, bevor es verendete. Seine Vorderläufe und sein Schädel waren blutverkrustet, aber weitgehend unversehrt. Innerhalb weniger Stunden vollständig unter einer Schneewehe begraben, überdauerte sein Kadaver mehr als 52 000 Jahre, ehe das schwindende Eis ihn als wohlkonservierte Mumie wieder freigab. Doch erst Dr. Spiridonova, eine von umsichtigen Prospektoren an den Fundort gelotste Paläontologin, würde ihm zu seinem Aufsehen erregenden Nachleben verhelfen.

⚅ ⚄ Außerdem möchte ich Ihnen eine vollständige Auflistung der während meines Einsatzes erfassten Messdaten ersparen (da es ebenso sinnlos wie langatmig wäre, hinlänglich bekannte oder mühelos in einschlägigen Datenbanken nachlesbare Einzelwerte wiederzukäuen und damit Ihre Geduld unnötig zu strapazieren) und beschränke mich (ohne jedweden geheimniskrämerischen oder anderweitigen Hintergedanken) darauf, an dieser Stelle in aller Kürze festzuhalten, dass (wie sich aus der unzweideutigen Tendenz der Temperatur- und Luftdruckverläufe, der Windgeschwindigkeit und der Niederschlagsmenge sowie der Eis-Albedo-Rückkopplung bereits zu diesem Zeitpunkt schlüssig herleiten ließ) unser Unterfangen zum Scheitern verurteilt war. Hierzu übrigens noch ein kurzer, die Lage gleichwohl erhellender Einschub:

⚅ ⚅ Ohne Wetter weiter mit Modulsatz: *Nebenfiguren LXII*

Museum der Neuen Welt

> ... die Alten Meister: wie gut verstanden sie [...] / daß, während die Greise ehrfürchtig und hingebungsvoll auf die wunderbare Geburt warten, es immer auch Kinder braucht, / denen nicht unbedingt viel daran liegt, und die Schlittschuh laufen / auf einem Teich am Waldrand. / Sie vergaßen nie ...
>
> — W. H. Auden, *Musée des Beaux Arts*

Exponat MCDXCII: Das Wetter, natürlich, damit muss es beginnen – das Ende einer Entdeckungsreise, die so sehr von sublunarer Physik abhängig war. Allein, Wolkenimpfflugzeuge gab es seinerzeit noch nicht, und den Elementen mangelt es von jeher an Einsicht, weshalb der Zustand der Atmosphäre dem bevorstehenden Ereignis kaum gerecht werden kann. Wenn doch wenigstens einzelne Sonnenstrahlen durch einen Spalt im bedeckten Himmel scheinen würden und so das Fahrwasser funkeln ließen. Doch nein, der Wind schlägt den Schaulustigen Gischt ins Gesicht, kalt und salzig Bö um Bö, nur um gleich darauf Staub und Sägespäne aus dem Rohbau des Uhrenturms gegen ihre Waden zu peitschen. Unstet wehen Fetzen des Geläuts von San Giorgio Maggiore über den Kanal und vermischen sich mit dem Fünfklang der Domglocken. Bis diese ebenfalls aus dem Takt geraten, da einer der Glöckner hinauf zu den Klangarkaden eilt. Schwitzend, keuchend, die Handteller wie Schraubzwingen gegen die Ohren pressend beugt er sich aus einem Bogenfenster und blickt über die Menge an der Mole, blickt über den Kanal zum Lido hinaus.

Da sind sie, nun ist kein Zweifel mehr möglich, inmitten eines ungeordneten Geleitzuges aus Gondeln, Galeoten und Fischerbooten kreuzen die *San Teodoro* und die *Sposa del Mare*.

»Da sind sie!«, schreit der Glöckner, wieder und wieder. Eine Frau, in Kleidern zerschunden wie die Segel der heimkehrenden Schiffe, haspelt: »Giorgino, Giorgino« und ein ums andere *Laudamus te* angesichts der ausgeblichenen Flügellöwen, die auf die Mole zuhalten.

»Hörst Du, Maffeo? Noch in aberhundert Jahren wird man die Namen eines jeden dieser Seeleute kennen, so wie wir die Weisen aus dem Morgenland bis heute bei ihren Namen nennen können.«

»Cristoforo! Cristoforo!«, skandiert die Menge, als das Flaggschiff des Colombo vor dem Dogenpalast beidreht und sein Anker, der diesmal gar vor den Küsten von Kambaluk und Kalkutta gelegen haben soll, im Bacino di San Marco niedergeht. Doch Maffeo sieht bloß ein Bollwerk aus Beinkleidern vor sich, sieht schlammbespritzte Schuhe und Strümpfe – der Blick in die Zukunft ist ihm verstellt. Er wendet der Menge an der Mole den Rücken zu, um nach seinem Pony zu schauen, das er am Gerüst des Uhrenturms angebunden hat. Das Tier hebt den Schweif und äpfelt.

Skizzen für den letzten Roman

Die Vergessenen Werke gehen einfach
weiter und weiter und weiter und
weiter und weiter und weiter und weiter.

— Richard Brautigan, *In Watermelon Sugar*

… ein Füllhorn seltener Bücher
entleert sich über mir und drückt mich
platt wie eine Maus.

— Bohumil Hrabal, *Příliš hlučná samota*

Hi Ho.

— Kurt Vonnegut, *Slapstick*

✎ So geht es los

Der letzte Roman beginnt damit, dass Eduard Cimrman von seinem Bücherregal erschlagen wird.

Nachtrag: Mein Name ist Jiří Hrbáček. Ich bin zu Besuch bei Onkel Eduard in Montréal. In fünfeinhalb Minuten endet der 24. September 1999. Die Fallbeschleunigung beträgt etwa neun Komma sieben acht neun Meter pro Quadratsekunde.

So verlockend es sein mag, sinnbildliche Bedeutung in ein umstürzendes Bücherregal hineinzulesen: Es ist ein Möbelstück und soll auch weiterhin bloß ein Möbelstück bleiben. Ein wuchtiges freilich.

Zeitlupenwiederholung: Über Gebühr belastet reißt ein Hakendübel aus der Wand und schleudert dabei Gipsbröckchen durchs Arbeitszimmer. Das Bücherregal kippt vornüber, strebt einer neuen Gleichgewichtslage zu. Schon verlieren die Böden ihre erlesene Last: Bücher prasseln auf Eduard und den umgestürzten Schemel nieder. Staub wirbelt auf. Dumpf treffen Knochen auf Dielen, trifft Holz auf Knochen. Eduard ächzt, sackt unter dem Regal zusammen.

Pathologischer Befund: »Rupture traumatique de l'artère basilaire –«

»Eine geplatzte Hirnarterie«, versucht es die Ärztin noch einmal auf Englisch. Ihr prüfender Blick gleitet von mir zu Dominique und zurück, zu Dominique und zurück. Es ist wohl an der Zeit zu nicken.

✎ Spätsommerabendsonne

Heute, zweiunddreißig Jahre später, dürfte die Fallbeschleunigung auf der Île de Montréal wieder knapp neun Komma sieben acht neun Meter pro Quadratsekunde betragen. Nachgemessen habe ich allerdings nicht.

Die Sonne steht - steht tief im Nordwesten, kaum fingerbreit über dem Mont Royal. Strahlenbüschel schneiden durch die Lücken in der ramponierten Skyline, und vereinzelte, standfeste Wolkenkratzer werfen Schatten über den Sankt-Lorenz-Strom.

Jiří: Das tut mir so unglaublich leid.

Mein Elektromobil holpert über die rostigen Güterzuggleise in den Alten Hafen, holpert zu den verwaisten Kais. Dabei scheppern die Gasflaschen im Gepäckkorb wie verstimmte Glocken.

Zu Fuß hatte ich mich in letzter Zeit atemlos dahingeschleppt: Es fühlte sich an, als habe die Erde mindestens ein Fünftel ihrer Atmosphäre verloren. Bei jeder noch so geringen Anstrengung ist mir schwarz vor Augen geworden. Seit ich mich mit Atemgas aus städtischen Feuerwehrwachen und Notaufnahmen versorge, bleibe ich weitgehend von Ohnmachten verschont. Ein Handgriff, und sofort strömt Sauerstoff durch die Nasensonde.

Ebenso wenig möchte ich das Elektromobil missen, das ich aus den Ruinen eines Rollstuhlfachgeschäfts geborgen habe. In den vorderen Gepäckkorb passen drei Reservegasflaschen, in die seitlichen Stockhalter meine Angelruten. Mit diesem Aufgewicht könnte ich auf freier, ebener Strecke dreizehneinhalb Kilometer pro Stunde zurücklegen.

Am Kai angekommen, parke ich in einem Schattenfinger und bereite die Ruten vor, spieße Köder auf die Haken. Die Ruine der Molson-Brauerei strahlt das Licht der tiefstehenden Sonne scharlachrot wider – wie das Versprechen eines lauen Spätsommerabends. Laut meiner Armbanduhr ist es allerdings erst dreizehn Uhr elf. Ich werfe die Angeln aus.

✎ Nachlass

Seit seiner Flucht aus der ČSSR hatte Eduard Tagebuch geführt und so fast jährlich eine Kladde vollgeschrieben:

Paris 1973ff., Montréal 1976ff. Alles in allem waren dabei 26 Bände zusammengekommen. Darüber hinaus hatte er ein Teufelsdutzend mit Entwürfen zu Erzählungen, Romanen, Librettos und Drehbüchern gefüllt.

Einige dieser Entwürfe hatte Eduard am Computer weiterbearbeitet und alle Zwischenschritte auf Disketten gesichert. So viel verrät deren akribische Beschriftung. Das Gros der gespeicherten Daten ist jedoch unwiederbringlich verloren. Die Magnetbeschichtung der 5¼-Zoll-Disketten hatte vermutlich bereits vor Jahren begonnen, sich von den Trägerscheiben abzulösen. Ich kann also nur auf die handschriftlichen Fassungen zurückgreifen.

✎ In medias res

Das erste Kapitel von Eduards Romanfragment *Les Filles du Roy et moi* bleibt recht nah an der historischen Überlieferung: Mit einem Seufzer stößt Jean Talon seine Feder in die Tinte. Um dem akuten Frauenmangel in der Kolonie Neufrankreich abzuhelfen, sieht sich der königliche Verwalter gezwungen, bei seinem Vorgesetzten untertänigst um ein Kontingent gebärfähiger Heiratskandidatinnen zu ersuchen.

Mehr als vierzehntausend Jahre lang waren die Einheimischen ohne Nachschub ausgekommen. Doch seit sich im fernen Europa die Atlantikroute herumgesprochen hatte, traf Schiff um Schiff an der kanadischen Ostküste ein. Diese Armada brachte vor allem alleinstehende Männer mit, was den Geschlechterproporz gehörig verdarb: Im Jahr 1666 kam auf jeden Immigranten statistisch nur eine halbe Immigrantin. So ließ sich schlecht Paartanzen oder gottgefällig Nachwuchs zeugen.

Talons Ansinnen wirbelt in Frankreich mächtig Staub auf. Es regt Louis XIV. zu allerlei Fantasien an, über die er nächtelang mit der Nichte seines Beichtvaters disputiert. Da in Versailles niemand mit einer besseren Idee aufzuwarten weiß, stechen bald darauf mehrere Schiffe voll junger Frauen in See. Ihre Überfahrt wird vom König gesponsert, ja sogar mit einer Mitgift versüßt. Nach ihrer Ankunft steigt die Geburtenrate entlang des Sankt-Lorenz-Stroms merklich an – woraus sich in den folgenden Kapiteln zahlreiche familiäre Verwicklungen ergeben.

Zeitsprung: Funktionsfähige Geschlechtsorgane allein brachten im 20. Jahrhundert niemandem mehr ein Freiticket nach Kanada oder gar eine Zuwanderungsgenehmigung ein. Computerspezialisten hingegen waren gefragt, und in der Provinz Québec standen belastbare Französischkenntnisse hoch im Kurs. Diese Gemengelage ermöglichte es Eduard nach dreijährigem Zwischenhalt in einer Pariser Sozialwohnung, im Herbst 1976 nach Montréal überzusiedeln.

✎ Bücherlotto

Auch Josiah Henson war nach Kanada ins Exil gegangen. Der aus US-amerikanischer Sklaverei entflohene Henson ließ sich 1841 in Dresden, Ontario nieder.

Seine autobiografische Erzählung brachte ihm anfänglich kaum Tantiemen – machte aber andere satt und berühmt. Harriet Beecher Stowe wusste Hensons Lebensgeschichte am effektvollsten nachzuerzählen und auszuschmücken. Ihr Wälzer verkaufte sich millionenfach und wurde emsig übersetzt. Das würde 147 Jahre später auch Eduard zu spüren bekommen: Statt Hensons schmalem Büchlein fiel ihm *Uncle Tom's Cabin* auf den Kopf.

Welches Buch hatte Eduard mir schenken wollen, als er auf den Schemel vor seinem Regal stieg? Ich habe keinen blassen Schimmer. Es kamen 748 verschiedene Titel infrage. Seine Sammlung lag noch auf dem Fußboden des Arbeitszimmers verstreut, als wir von der Beerdigung zurückkehrten.

Für den Rückflug packte ich jene beiden Bücher ein, die zuletzt neben Eduards linker Hand gelegen hatten und die nun mit einem weißen Kreidestrich überzogen waren: Richard Feynmans *Six Easy Pieces* und *Le premier jardin* von Anne Hébert. Die stochastische Wahrscheinlichkeit, dass ich das für mich bestimmte Buch erwischt hatte, liegt bei etwa null Komma zwei sechs sieben Prozent. Stimmt's?

$$P = (n-1) \div \binom{n}{k} = 747 \div \binom{748}{2} = 747 \div (748! \div (2! \times 746!)) = 0{,}00267379679$$

Für *Le premier jardin* reichte mein Sommerkursfranzösisch leider nicht aus, und so nahm das Verhängnis seinen Lauf.

✎ Wassermassen

Mein Magen knurrt. Es ist fünfzehn Uhr einundvierzig. Die tiefstehende Sonne scheint durch die Lücken in der Skyline und lässt breite Streifen des Stromes gleißen.

Während eines Lidschlags fließen zweitausenddreihundert Kubikmeter Wasser an der Kaimauer vorüber – also etwa dreiundsechzig Millionen Kubikmeter, seit ich die Angeln heute zum ersten Mal ausgeworfen habe. Dass der Sankt-Lorenz-Strom noch immer solche verschwenderischen Wassermengen führt, ist eine launige Fügung des Schicksals. Viele andere mächtige Flüsse – die Padma, der

Jangtsekiang oder der Jenissei – dürften längst versiegt sein. Über ihnen steht die Sonne immerfort steil am Himmel.

Jiří: Je suis so sorry!

In meinem Setzkescher zappeln drei Mondaugen und ein Karpfen. Ich packe die Angelausrüstung ein, mache das Elektromobil startklar. Dabei wird mir schummrig. So, wie das Barometer seit vorgestern verrücktspielt, ist das kein Wunder. Ich nehme eine tiefe Prise Sauerstoff.

✎ Unschärfen

Bereits auf halber Strecke zwischen Montréal-Dorval und Prag-Ruzyně hatte mich *Six Easy Pieces* fest in den Bann der Physik gezogen – fester, als es meinen Lehrern am Lyceum je gelungen war. Schon kristallisierte eine neue Zukunft vor meinem inneren Auge: Nach dem Wehrdienst würde ich mich an der Karls-Universität einschreiben, um spätestens 2012 mit summa cum laude an der Physikalischen Fakultät promoviert zu werden.

Was ich, hoch über dem Atlantik, nicht kommen sehen konnte, waren Eduards Testament und Claire, eine Erasmus-Studentin aus Lyon. Für sie werde ich mich auch noch im Sprachlabor anmelden: Qui l'eût cru?

✎ Talon auf Touren

In *Le grand intendant en vadrouille* taucht Jean Talon ein weiteres Mal auf. Das Libretto beginnt damit, dass Talon auf der Rue Saint-Paul mit einem irokesischen Souvenirhändler feilscht. Der königliche Verwalter lässt sich weder Ahornsirup noch Schneekugeln aufschwatzen – er beharrt auf einem Barrabatt.

Die Einkaufstasche mit dem preisgesenkten Maulwurffilzhut muss sein Kammerdiener tragen, denn Talon will noch auf den Windmühlenhügel. Die Anhöhe bietet einen atemberaubenden Ausblick auf den Sankt-Lorenz-Strom und die abgeernteten Felder am Ufer, auf die Kapelle Notre-Dame-de-Bon-Secours und die verstreuten Häuser von Ville-Marie, auf den herbstlichen Mont Royal mit dem Gipfelkreuz. Ganz wie der Reiseführer es versprochen hatte. Wohin Talon auch schaut, sieht er Anzeichen kolonialer Geschäftigkeit. Zufrieden breitet er die Arme aus und singt: Oh oui, je suis un grand intendant (ooh ooh), gouverner, je le fais très bien (ooh ooh) …

Bald wird klar, mit welchem Kalkül sich der Händler auf den Spottpreis hat herunterhandeln lassen: An einem windigen Morgen drückt Talon seinen neuen Maulwurffilzhut fest auf die Schläfen. Dabei bekommt er schmerzlich den Maulwurfzahn zu spüren, der unter dem Schweißband eingenäht ist. Die Blutstropfen auf seinem Amtsrock bringen den königlichen Verwalter gewaltig in Rage. Schon hat er Schaum vorm Mund.

Haftete dem Maulwurfzahn ein Nervengift an? Oder ein Schadzauber? Das bleibt in Eduards Libretto offen. Einige Symptome deuten auf Tollwut hin. In Wirklichkeit beträgt deren Inkubationszeit allerdings mehrere Wochen. Außerdem tauchte diese Infektionskrankheit erst neun Jahre nach Talons Tod in Amerika auf.

Die Tollwut gehörte zu den Seuchen, die von Siedlern

und Sklaven nach Amerika mitgebracht wurden: Beulenpest, Cholera, Diphtherie, Dulia, Gelbfieber, Grippe, Keuchhusten, Lepra, Malaria, Masern, Mumps, Pleuritis, Pocken, Potomanie, Scharlach, Typhus. Den Einheimischen fehlte es an geübten Immunabwehrkräften und an Heilmitteln. Nach Ankunft der Erreger stieg die Sterberate rapide an.

Mir steht es jedoch als Letztem zu, über diese Massenauslöschung zu urteilen: Mittlerweile dürfte ich etwa siebeneinhalb Milliarden Menschen auf dem Gewissen haben.

Jiří: Sauerstoff. Ich brauche Sauerstoff! Und nochmal 60 mg Cymbalta.

✎ Vollbremsung

Tabarnak, crisse de cave und der Schimpfwörter mehr gellen über die Kreuzung. Um Haaresbreite wäre ich mit Ginette zusammengestoßen.

Zeitlupenwiederholung: Unversehens biegt Ginettes Elektrorollstuhl aus der Rue du Champ de Mars, quert meine Bahn. Autowracks und Gebäudetrümmer verhindern ein seitliches Ausweichmanöver. Ich ziehe die Handbremse bis zum Anschlag durch. Die Räder blockieren, lassen Gummi. Mein Mobil kommt wenige Zentimeter vor Ginettes Fußstützen zum Stillstand – doch mein am Lenker hängender Fang behält die bisherige Geschwindigkeit bei und schwingt nach vorn: Der Kescher klatscht gegen Ginettes Bein, verspritzt beim Aufprall Karpfenschleim.

Die Alte zetert und unterstellt, dass ich ihr nach dem Leben trachte. Dabei fuchtelt sie mit einem Polizei-Taser vor meiner Nase herum: Von Zufall könne bei einer Karambolage heutzutage doch überhaupt keine Rede mehr sein!

In Ville-Marie leben nur noch drei Menschen: Ginette Roy, ihre Enkeltochter Hélène Lee und meine Wenigkeit. Das macht ungewollte Zusammenstöße tatsächlich äußerst unwahrscheinlich.

Auf der Île de Montréal leben heute weniger Menschen als bei der Ankunft der ersten Franzosen im Jahr 1535. Weniger auch als bei der Volkszählung von Jean Talon. Aus Europa oder Afrika ist diesmal kein Nachschub zu erwarten: Beide Kontinente liegen auf der sonnenabgewandten Seite der Erde. Von Látrabjarg bis Xaafuun herrscht ewige Nacht, und bei Temperaturen von schätzungsweise vierzig Grad Minus dürfte dort bald alles Land unter Gletschern begraben sein.

Jiří: I am désolé, so très désolé.

Auch mein mutmaßliches Mordmotiv glaubt Ginette zu kennen: Es sei ihr keineswegs entgangen, auf welch perfide Weise ich seit geraumer Zeit versuche, Hélène mit Schundgeschichten einzulullen, um mir Zugriff auf ihre verborgenen Lebensmitteldepots zu verschaffen.

Was soll ich darauf erwidern? Mir ist schwindelig. Um mich anständig verteidigen zu können, bräuchte ich zunächst einmal eine Prise Sauerstoff. Doch solange Ginette mit ihrer Elektroschockpistole herumfuchtelt, wäre es fatal, das Ventil zu öffnen. Schon wird mir schwarz vor Augen.

✎ Der Sinn der Geschichten

Im Exil knüpfte Eduard an eine, wie er es nannte, Jugendsünde an: Er erfand Geschichten. Und, schlimmer noch, er schrieb sie nieder. In der ČSSR hätte ihn das früher oder später in die nächste Bredouille gebracht. Seinerzeit kursierte in einigen Ländern die Auffassung, Literatur sei kreuzgefährlich.

Auch in Kanada hat Eduard niemals etwas veröffentlicht. Dort unterließ er es jedoch aus freien Stücken. In seinem Tagebuch sinnierte er mehrfach darüber, wie vergeblich es doch sei, dass überhaupt noch Bücher herausgebracht würden: Die Menschheit sei längst nicht mehr willens, geschweige denn fähig, aus der Geschichte oder erfundenen Geschichten zu lernen.

Dominique hingegen glaubte, von mehreren Ablehnungsschreiben québecischer Verlage zu wissen: »Die sind Anfang der Neunziger ins Haus geflattert. Eddys mündliches Französisch war ganz passabel, aber, um ganz ehrlich zu sein, schriftlich fehlte ihm der Schliff, der prosaische Atem. Und nur die wenigsten seiner Werke haben einen befriedigenden Schluss ...«

Hélène ist offenkundig anderer Meinung. Das macht Eduard posthum zum Erfolgsautor. Bisher hat Hélène für all seine Geschichten großzügige Stückpreise gezahlt, und für diese eingehenden Tantiemen bin ich äußerst dankbar: *Le jour où le Québec s'arrêta* zum Beispiel brachte mir kürzlich einen neuen Akku für mein Elektromobil, *Bonhomme Onze-Heures* brachte zwanzig Liter Diesel und *Les ambassadeurs qui allaient dans le froid* je drei Packungen Cialis, Cymbalta und Imodium ...

✎ Ersatz

Ginette war so gütig, das Ventil meiner Sauerstoffflasche aufzudrehen. Als ich wieder zu mir komme, ist die Alte bereits verschwunden – und mit ihr drei Viertel meines Fangs. Im Kescher liegt nur noch ein Mondauge. Immerhin hat sie als Gegenleistung zwei Grauhörnchen an den Lenker meines Elektromobils gehängt.

Pâté chinois à la façon d'Hélène (für 3 Portionen): Rohes Fleisch von 4 bis 5 Grauhörnchen haschieren und mit Zwiebelpulver, Salz und Pfeffer vermengen. Die Hackfleischmischung in zerlassenem Hörnchenschmalz anbraten. Danach in der Kasserolle mit mindestens ½ Dose Maiscreme bedecken. Darüber eine geschlossene Schicht aus 1 Pfund Instantpüree aufbringen. Pastete backen, bis die Deckschicht goldbraun wird.

Mein Magen knurrt. Inzwischen ist es sechzehn Uhr achtundvierzig. Ich muss mich beeilen, um nach dem Essen noch rechtzeitig ins Quartier des Spectacles zu kommen. Die tiefstehende Sonne blendet mich.

✎ Čcheng-tu

Nach dem Wehrdienst schrieb ich mich an der Karls-Universität ein. Es sollte aber noch zweieinhalb Semester dauern, bis ich Claire bei einer Fakultätssause kennenlernen würde.

An jenem Abend falsifizierte mein Freund Ondřej wieder einmal ein Grundgesetz der klassischen Physik, indem er Flasche um Flasche aus der Innentasche seines Jacketts hervorholte: Wo sein Körper war, konnten ergo noch unzählige andere Körper sein.

Bald kamen wir vom Hölzchen aufs Stöckchen. Zu vorgerückter Stunde zogen wir über *die* US-Amerikaner her, die glauben, Prag sei ein Vorort von Moskau, Belgien eine schöne Stadt, und dergleichen mehr.

Vom Nachbartisch lehnte sich eine unbekannte Kommilitonin herüber und warf ein, dass jahrhundertelang kein Europäer auf den Gedanken gekommen sei, so etwas wie eine andere Seite unserer Welt überhaupt in Erwägung zu ziehen.

Ich war ganz Ohr. Nein, sie hatte keinen angelsächsischen, sondern einen französischen Akzent: »Übrigens, wie heißt die Hauptstadt der Provinz Sečuán? Ihr Name beginnt mit Č, und sie hat ungefähr so viele Einwohner wie die gesamte Tschechische Republik. Vorschläge?«

Ondřej fischte eine weitere Flasche aus der Innentasche und bat die schöne Unbekannte an unseren Tisch. Asiatische Großstädte hin oder her – wie man kultiviert versackt, wussten wir: Those were the days my friend, we thought they'd never end …

✎ Glückliche Tage

Claire war als Tochter französischer Diplomaten in Antananarivo zur Welt gekommen. Von der Grundschule in Port-au-Prince wechselte sie ans Lycée français de Prague. Als ihre Mutter nach Peking versetzt wurde, zog Claire zu ihren Großeltern nach Lyon. An der dortigen Universität gab ihr Großvater, der einundzwanzig Jahre lang als Prospektor für die *Total S. A.* gearbeitet hatte, sein Wissen an Studenten der Angewandten Petrophysik weiter. Am Küchentisch bekamen auch seine Enkel die eine oder andere Breitseite ab. Claire wollte mehr.

Als wir uns kennenlernten, studierte sie Geophysik im fünften Semester. Ihre Alma Mater war die Universität Claude Bernard in Lyon, doch Erasmus hatte sie zurück nach Prag gebracht. Damit reduzierte sich die durchschnittliche Wahrscheinlichkeit, dass sie einen Franzosen heiraten würde noch weiter: von 87 auf 73 Prozent. Das waren statistische Werte, die mir Hoffnung machten.

Bald fläzte Claire auf meiner Schlafcouch und schmökerte in *Le premier jardin*. Ein geschwungenes Muttermal betonte ihr linkes Venusgrübchen. »Hör mal, Jiříček, hier ist noch so eine wunderbare Stelle!«

In Anne Héberts *Le premier jardin* kehrt eine in die Jahre gekommene Schauspielerin nach Québec zurück, um die Hauptrolle in *Oh les beaux jours* anzutreten. Laut Becketts Bühnenanweisung müsste sie bei jeder Vorstellung einen Schirm halten, der unter einer unablässig sengenden Scheinwerfersonne in Flammen aufgehen würde.

Zeitsprung: Zwischen 130° westlicher und 130° östlicher Länge, also überall zwischen den Pazifikinseln Pitcairn und Kyūshū, ließe sich diese Szene mittlerweile ohne Pyrotechnik aufführen. Dort steht die Sonne jahrein jahraus hoch am Himmel und brennt über Wüsten, über kahlen Korallenkalkhügeln, über ausgedörrten Salzseen. Nur an Publikum würde es dort fehlen: Die sonnenzugewandte Seite der Erde dürfte längst völlig menschenleer sein.

Jiří: Je mi to moc líto!

✎ **Wahrnehmungsschwelle**
Le trésor du roi de Saguenay basiert auf einer wahren Begebenheit, die sich im Herbst 1808 an den Teufelsschnellen zugetragen hat. Obwohl Eduard die zeitgenössischen Berichte kannte, ließ er in seiner Erzählung offen, weshalb das Express-Kanu kentert. Stattdessen lenkte er die Aufmerksamkeit auf ein sorgsam verschnürtes und versiegeltes Postpaket, das im Weißwasser verschwindet. Auch alle Pemmikansäcke werden davongespült. Weil keiner der sechs Voyageure schwimmen kann, driften bald fünf Wasserleichen den Fluss hinab: Sofern sie sich nicht irgendwo verkeilen, könnten sie in einigen Tagen doch noch ihr Ziel in Rupert's Land erreichen.

Und der sechste Kanumann? Von der Strömung gegen einen Stein geschmettert, wird Henri Dupont besinnungslos. Er kommt auf einem Felsvorsprung wieder zu Bewusstsein und blickt aus zwei Yards Höhe auf die Stromschnellen hinab, bekreuzigt sich.

Der junge Voyageur mochte erst vor wenigen Augenblicken gerettet worden sein: Auf dem felsigen Untergrund sind noch deutlich feuchte menschliche Fußspuren zu erkennen, die vom Ufer zum Waldrand führen. Doch Duponts Rufe verhallen unerwidert in der Wildnis.

In einer Fußnote zu diesen Fußspuren erwähnte Eduard erstmals die Jawaka. Dieser geheimnisvolle Stamm würde sich, über die Jahre und acht Kladden hinweg, zu einem Leitmotiv mit Eigenleben entwickeln: In *La vague disparue* kam er mir zum zweiten Mal unter und kurz darauf in *Alasdair avale la pilule (une fois de plus)*. Danach ließ mich das Gefühl nicht mehr los, dass die Jawaka auch durch Geschichten schlichen, in denen sie mit keiner Silbe erwähnt wurden.

Die Jawaka beherrschen die Kunst, sich vollkommen vor Fremden zu verbergen. Kaum einer hat sie je gesehen oder gehört, und niemand hat sie je gestellt. Wiederholt beschreibt Eduard sie als unsichtbar, macht aber deutlich, dass es sich bei ihnen weder um Geister noch um Hirngespinste handelt.

✎ Spurlos

Der erste Satz von *La vague disparue* greift der Handlung voraus: Er legt offen, dass nach der Feier zum Kanada-Tag ein Toter aus der Leichenhalle von Waycheewasa verschwunden sein wird.

Prolog: Waycheewasa liegt inmitten weiter Schneewälder. Zur vierzig Kilometer entfernten Güterzugtrasse führt lediglich eine Schotterpiste. Zweimal im Monat landet ein Versorgungsflugzeug auf dem Rollfeld der Tagebausiedlung. Seit die neue Ärztin, Louise Maes, vor einundzwanzig Monaten in Waycheewasa eingetroffen ist, haben die Einwohner keinen Fremden mehr zu Gesicht bekommen.

Kapitel 1: Am Abzweig zur Abraumhalde findet der Kipperfahrer David Acoose einen unbekannten Toten. »Wie der da lässig an dem Holzpolter lehnte, sah's so aus, als ob er per Anhalter weiterfahren wollte«, erklärt Accose seinem Schulfreund Robert Deforge, dem Polizisten und Postamtsleiter von Waycheewasa.

Auf dem Weg zur Leichenhalle spekulieren die beiden darüber, ob es sich bei dem Toten um einen Kanadier handeln mochte oder um einen heillos verirrten Touristen.

Kapitel 2: Die Identifikation der Leiche hätte nach den Feierlichkeiten beginnen sollen. Am Morgen ist jedoch, wie die Leser bereits wissen, das Kühlfach leer. Das Gelage vorm Gemeindesaal bot allen Familien von Waycheewasa ein Alibi, und das Feuerwerk am Vorabend stellt ein Zeitfenster dar, in dem niemand etwas Verdächtiges gehört oder gesehen haben dürfte.

Kapitel 3: Nachdem Louise herausgefunden hat, dass die Leichenhalle keinerlei Einbruchspuren zeigt, überprüft die Ärztin im Selbstversuch, ob sich das Kühlfach womöglich von innen öffnen lässt. – An dieser Stelle endet die Textdatei.

Obwohl dieser Kriminalroman unvollendet geblieben ist, deutete vieles darauf hin, dass das mutmaßliche Opfer eine vorsätzliche Leerstelle bleiben sollte.

✎ **Jawaka**

Mit dem Titel *La vague disparue* spielte Eduard vermutlich auf eine wissenschaftliche Theorie an, laut der Amerika in mehreren Wellen besiedelt wurde: Die Pioniergruppen wanderten demnach während der Wisconsin-Eiszeit über eine Landbrücke nach Alaska ein und besiedelten den gesamten Doppelkontinent, wurden sogar auf Feuerland heimisch. Jahrtausende später kamen die Inuit, Yupik und Unangan auf dem Seeweg über das Beringmeer und fanden nur noch das nördliche Polargebiet halbwegs leer. Vor etwa fünfhundertdreißig Jahren schwoll eine weitere Welle an, die erstmals Menschen, Landtiere, Nutzpflanzen und Keime direkt aus Europa und Afrika nach Amerika brachte. Wenig später nahm die Zuwanderung aus dem Pazifik und aus Asien wieder zu.

Über die Herkunft der Jawaka lässt sich nur spekulieren: Der Wortbestandteil *waka* könnte auf die ozeantauglichen Kanus verweisen, mit denen die Maori von Hawaiki auf die pazifischen Inseln übergesetzt sind. Handelt es sich also um Nachkommen der *Ia Waka*, einer vom Kurs abgekommenen Kanubesatzung? Oder stammten ihre Vorfahren von den Molukken? Bei den Bugis hieß dieses Archipel *Jawaka*, also: Klein-Java. Denkbar wäre auch, dass sie von der Malaiischen Halbinsel kamen, wo die Sailendras im 8. Jahrhundert ein *Javaka* genanntes Reich geschaffen hatten. Oder sind sie, wie die ersten Amerikaner, von Ostsibirien aufgebrochen?

Setzten sie auf Booten über? Oder auf Flößen? Auf ostwärts driftenden Eisschollen oder gar auf fliegenden Kanus? Das bleibt im Dunkeln.

Offen bleibt auch, wann der Stamm an der amerikanischen Küste auftauchte, denn die Jawaka hinterließen niemals bleibende Spuren – weshalb ihre Besiedlungswelle in keine wissenschaftliche Zählung Eingang finden konnte. Es gibt allerdings ein vages Indiz: Der Doppelkontinent war bei ihrer Ankunft anscheinend bereits so dicht besiedelt oder seine Einwohner derart furchteinflößend, dass sich ein Leben in völliger Verborgenheit als einzig sinnvolle Nische aufdrängte.

✎ Zeichen der Zeit

Über Jahrtausende hinweg hatten wir es uns in einem nahezu konstanten Schwerefeld eingerichtet. Deshalb war nichts und niemand auf solche Sprünge vorbereitet. Als sich die Fallbeschleunigung wieder bei knapp neun

Komma acht Metern pro Quadratsekunde einpegelt hatte, begann ein neues Zeitalter.

Anfangs fand ich viele Graffiti auf Autowracks, auf Fassadenresten, auf Werbetafeln: Martialische Zeichen von Einzelkämpfern oder Milizen, die bestimmte Straßenzüge, Stadtteile oder Inseln für sich beanspruchten.

Andere Überlebende pinselten persönlichere Botschaften auf den Asphalt: *Robert, Du findest mich am Kondiaronk-Belvédère, Suzy. – Wohne im Redpath Museum, Kate. – Schlage mich zum Chalet durch, Justin. – Immer noch Lust? Triff mich am Richler-Pavillon. – Despina Zafiropoulos: RIP!*

Auch Apokalyptisches stand kurzzeitig hoch im Kurs: »Das Lamm hat das sechste Siegel gebrochen, und alles wurde von seiner Stelle gerückt. Wir kriechen in Höhlen und sagen zu den Ruinen: Fallt auf uns und verbergt uns vorm Blick dessen, der auf dem Thron sitzt, denn der große Tag seines Zorns ist gekommen!«

Die profane Offenbarung, dass ein schusseliger Physiker dieses Schlamassel angerichtet hatte, hätte da bloß die Stimmung ruiniert.

Mehr und mehr Überlebende setzten sich von der Île de Montréal in ländliche Regionen ab. Sie flohen vor dem allgegenwärtigen Verwesungsgeruch; vor den Schmeißfliegen und lispelnden Ratten; vor Typhus, Diarrhö und Cholera; vor Feuern, herabstürzenden Glasfassaden und Revierkämpfen; Wegelagerern und Wüstlingen; vor Atemnot, Hunger und Vitaminmangel; vor den Übelkeitsanfällen, Ohnmachten, Trugbildern und langen Schatten; vor dem immerwährenden Versprechen eines lauen Spätsommerabends und vielleicht auch vor ihren eigenen Erinnerungen.

Andere schlossen sich der Laiengemeinschaft an, die mit bloßen Händen die Notre-Dame-de-Bon-Secours wieder aufbaute. So viel religiösen Eifer hatte die Provinz wohl seit den 1960ern nicht mehr gesehen.

Warum gerade dies den Unmut der Trembleys weckte, habe ich nie erfahren. Das militante Ehepaar, das vom Wohnkomplex *Habitat 67* aus die Piers und den Strom kontrollierte, nahm die Baustelle ohne Vorwarnung mit Mörsergranaten unter Beschuss. Das war das letzte Mal, dass am Alten Hafen echte Glocken ertönten. Der Wiederaufbau kam abrupt zum Erliegen.

Als tags darauf am Habitat 67 ein Feuer ausbrach, flog ein Wohnwürfel nach dem anderen in die Luft. Seitdem herrscht am Hafen jene friedliche Stille, die Fische und Angler von jeher zu schätzen wussten.

Mittlerweile sind fast alle Botschaften und Reviermarken verwittert oder hinter wucherndem Unkraut verschwunden.

✎ Expeditionen

Um 1535 war Jacques Cartier durch den Sankt-Lorenz-Golf in den Ästuar und dann immer weiter stromaufwärts gekreuzt, bis ihn die tückischen Schnellen unweit des Dorfes Hochelaga zur Umkehr zwangen. Cipango, China und Ceylon blieben damit wieder einmal unerreicht. Auch den Weg zum goldenen Königreich Saguenay hatte er nicht gefunden. Um seinen irdischen Vorgesetzten über diese Schlappe hinwegzutäuschen, taufte Cartier schnell noch einen Hügel auf den stolzen Namen Mont Royal. C'était le temps ...

In *Alasdair avale la pilule* ist es der Glücksritter Alasdair, der sich knapp zweihundert Jahre später auf die Suche nach dem Eldorado des Nordens macht. Bereits auf dem Weg zum Saguenay-Fjord geht er immer wieder in die Irre. Von seinem Begleiter Winaugusconey duldet er keinen Widerspruch: Auf Kompasse aus den Beständen der Royal Navy sei hundertprozentig Verlass – und Punkt.

Bald schon sind Alasdair und Winaugusconey am Ende ihrer Kräfte. Zuweilen glauben sie gar, es gehe ein Dritter in ihrer Mitte. Winaugusconey schleppt den erschöpften Alasdair mehrere Meilen durch den Schnee, bis auch er zusammenbricht. Ein Polarhase rettet die beiden – chauffiert sie auf einem von Grauhörnchen gezogenen Schlitten zum nächsten Handelsposten der HBC. Zurückgekehrt nach Montréal erklärt Alasdair, er habe das Königreich Saguenay nur deshalb nicht gefunden, weil seinem indianischen Dolmetscher jeglicher Orientierungssinn abgehe: »Meine Herren, ich versichere Ihnen, Winy hat sich gestern sogar auf dem Weg zum Pissoir verlaufen.«

Neue Wege nach China oder das Gold des Königreichs Saguenay locken Hélène nicht: Sie erkundet die Ruinen der Montréaler Untergrundstadt auf der Suche nach Gütern des täglichen Bedarfs. Aus unberührten Läden und Lagern birgt sie geradezu unermessliche Schätze. Mittlerweile dürfte sie fast alle versteckten Zugänge, alle intakten Tunnelabschnitte und Verbindungsschächte unter den Trümmern von Ville-Marie kennen. Mal taucht sie aus einer Kluft im Bürgersteig, ein andermal unter einem Buswrack wieder auf – und einen Kompass hat sie nie gebraucht.

✎ Zeitfenster

Während des großen Videospielcrashs von 1984 arbeitslos geworden, machte sich Eduard als Ordidocteur selbstständig: Er brachte widerspenstige Hardware zum Laufen. Er wartete die Arbeitsplatzrechner mehrerer Reisebüros und schrieb, wenn ein Kunde dafür zahlte, patente kleine Hilfsprogramme. Er säuberte virenverseuchte Heimcomputer und stellte verloren geglaubte Daten wieder her. Buchhalter und blasse Teenager vergötterten ihn gleichermaßen.

Als selbstständiger Unternehmer hatte Eduard anfangs weit weniger Freizeit als zuvor, was seine Prosa ungemein verdichtete. Die kürzeste Geschichte aus diesen Tagen heißt *Le garçon laid qui se fait des illusions sur un vieillissement favorable* – was auch schon die gesamte Geschichte umreißt: Ein hässlicher Junge, der sich unbegründet Hoffnungen macht, vorteilhaft zu altern. Ça y est.

✎ x_W

Obwohl mich Claire neunundzwanzig Monate vor meiner Promotion verlassen hatte, war ich weiterhin davon ausgegangen, mir eine Stelle in Frankreich, Belgien oder der Schweiz zu suchen. Auf alle Fälle in einer Universitätsstadt mit Schnellzuganbindung nach Lyon. So könnte ich meine Forschungsarbeit fortführen und zugleich in der Nähe unserer Tochter wohnen.

Verschanzt hinter Bücherstapeln und Fahrplänen konnte ich nicht kommen sehen, dass sich Claire in einen Meeresbiologen aus Rimouski verlieben würde. Mein Doktorhut hatte den Scheitelpunkt seiner Flugparabel kaum erreicht, da machten die beiden ernst: Nach ihrer Hochzeit würden sie mit Felicité an den Sankt-Lorenz-Strom ziehen.

Ondřej balancierte Bierdeckel auf den Fingerspitzen. Als auch das nichts half, nahm er mich ins Gebet: »Warum bewirbst du dich nicht am Institute for Gravitation and the Cosmos? Von Pennsylvania wäre es ja bloß ein Katzensprung nach Québec …«

✎ Überlagerungen

Das Romanfragment *Les extraordinaires aventures de František K.* beginnt damit, dass der Versicherungssekretär František K. die Tschechoslowakei verlässt, um nach Palästina überzusiedeln.

Auf seiner Reise nach Jerusalem gerät er allerdings in zwielichtige Gesellschaft. Nach einer mehrwöchigen Odyssee bleibt er ausgeraubt im Hafen von Tanger zurück. Der Frachter, auf dem er schließlich als Smutje anheuert, transportiert Möbel und Filmprojektoren nach Havanna. Am 12. Oktober 1923 betritt František erstmals amerikanischen Boden.

Zwischen den Bananenstauden, die der Frachter von Kuba nach Kanada bringen soll, muss František kistenweise Rum verstauen. Und weiter geht die Fahrt und weiter: Jetzt erst begreift er die Größe Amerikas.

Vor Cape Cod macht mittschiffs eine Motoryacht fest. Beim Umladen des Rums werden sie von der Küstenwache überrascht, woraufhin es zu einem Scharmützel kommt, bei dem František am Knie verletzt wird. Im Nebel gelingt die Flucht in internationale Gewässer.

Für den humpelnden Smutje endet die Fahrt in Montréal. Der Schwager des Kapitäns vermittelt ihm eine Anstellung im Belmont Park. Dem Direktor des Vergnügungsparks kommt die risikoanalytische Expertise seines neuen Assistenten gelegen: Er setzt ihn auf die Planung immer spektakulärerer Attraktionen an. František fühlt sich erstmals ganz in seinem Element.

Je älter František wird, desto mehr verschmelzen Prag und Montréal in seiner Wahrnehmung. Raum und Zeit scheinen aus den Fugen geraten zu sein. Zeitungskolumnisten fordern, die tschechische Sprache gegen angelsächsische Einflüsse zu verteidigen; frankophone Sprayer beschmieren tschechische Stoppschilder; und im Fernsehen laufen aufgepeitschte Debatten über ein Gesetz, das deutschen Geschäftsleuten vorschreiben soll, sämtliche Waren auf Französisch auszuweisen.

Auf der Suche nach der Prager Burg kollabiert František vor der Josephskapelle. Ins Jewish General Hospital verbracht, landet er auf der psychiatrischen Station. Hier bricht die Geschichte ab.

✎ Hydro-Québec

Es ist neunzehn Uhr einunddreißig. Die Sonne steht in halbwegs zeitgemäß anmutender Höhe, steht kaum fingerbreit über dem Mont Royal. Im Rückspiegel sehe ich Federwolken aufziehen. Aus den Randzonen der atlantischen Eisfelder kommend, sind sie über der Montérégie-Ebene erstmals ernstzunehmender Wärmestrahlung ausgesetzt. Wahrscheinlich werden sie bald verdampft sein. Solange sich aber überhaupt noch Wolken bilden, ist vielleicht nicht alles verloren.

Mein Weg ins Quartier des Spectacles führt am Édifice Hydro-Québec vorbei. Das Hauptquartier des staatlichen

Energieversorgers ist eines der wenigen halbwegs intakt gebliebenen Gebäude in Ville-Marie. Es steht zwar nicht mehr ganz lotrecht, ragt aber trotzdem eisgrün und stolz über die Schuttberge an der Rue Saint-Urbain. Viel mehr ist von der *Hydro-Québec* nicht geblieben – kein einziges ihrer Kraftwerke produziert noch Strom. Die verbliebenen Bewohner des Hochelaga-Archipels kochen wieder über Feuer, wie seinerzeit die Sankt-Lorenz-Irokesen oder die ersten französischen Siedler und Waldläufer.

An der Spitze des windschiefen Wolkenkratzers prangt das Logo des einstigen Energieversorgers. Dieses riesige orange Q, dessen Cauda in Form eines Blitzes gestaltet ist, hatte Eduard zu einer Drehbuchidee inspiriert. Der Arbeitstitel lautete *Capitaine Q: Opération Têtes-de-violon.*

✎ Ausgrabungen

Einst hatte alles einen Namen, sogar der kleine Schweif am Unterbogen des Qs. Das Wort *Cauda* habe ich aber nicht einfach aus dem Ärmel geschüttelt. Um die Anatomie der Buchstaben nachzuschlagen, musste ich gestern zur Grande Bibliothèque fahren. Dort sieht es beinahe wie am 25. September 1999 in Onkel Eduards Arbeitszimmer aus: Alle Bücher liegen auf dem Fußboden.

Das Gros der Sammlung türmt sich im untersten Stockwerk, vermischt mit dem Geröll kollabierter Zwischendecken. In wochenlanger Mineursarbeit habe ich Stollen vorangetrieben und dabei ergiebige Lagerstätten erschlossen, die ich nun nach Bedarf ausbeuten kann. Mir wertvoll erscheinende Funde sortiere ich auf gereinigten Regalbrettern. Alle übrigen Bücher schichte ich zu schulterhohen Halden auf:

Mit diesem Abraum können sich eines Tages außerirdische Archäologen beschäftigen – gesetzt den Fall, eine Raumzeitkrümmungsanomalie oder Fetzen panischer Funksprüche locken je ein Forschungsraumschiff in die unscheinbare Achselhöhle unserer Spiralarmgalaxie.

Unterwegs zu den Nachschlagewerken fand ich eine Anleitung, wie man das World Wide Web mit Suchmaschinen durchforstet. Mir war auf einmal zum Heulen zumute! Ich schluckte noch eine Cymbalta und warf die Anleitung auf die nächstgelegene Halde. Sie kam neben dem Dossier *Livre blanc de 2067: La politique climatique du gouvernement du Québec* und dem Ratgeber *Comment survivre à une bousculade* zu liegen.

✎ Durchlaufproben

Nachdem ich herausgefunden hatte, wie der Schweif eines Qs heißt, schlug ich noch die Namen einiger Städte nach, in denen während der letzten zweihundert Jahre für ein vorzeitiges Ende der Welt geprobt worden war: Aleppo, Atlanta, Basra, Beirut, Belchite, Brazzaville, Chongqing, Coventry, Darwin, Dresden, Dubrovnik, Essen, Falludscha, Frampol, Gaza, Guernica, Grosny, Hiroshima, Homs, Huế, Hull, Ilowajsk, Iraklio, Jinmen, Jülich, Kiew, Kabul, Leningrad, Lens, Lidice, Leuven, Mandalay, Manila, Minsk, Mogadischu, Monte Cassino, Mostar, Nagasaki, New York City, Nijmegen, Oradour-sur-Glane, Ostrava, Palmyra, Posen, Prochorowka, Quneitra, Reims, Rotterdam, Sanaa, Sarajevo, Stalingrad, Sewastopol, Shanghai, Sirte, Tallinn, Tokyo, Tqwartscheli, Ulm, Valletta, Vukovar, Warszawa, Wieluń, Wŏnsan, Xuzhou, Ypern …

Wenn ich dieses protoapokalyptische Epos auserzählen würde, käme ich nie zu einem Ende. Aber könnte ich es als Lautgedicht an Hélène verhökern? Gestern bin ich nicht mehr bis Z gekommen. Mein Sauerstoff war bereits knapp geworden, weshalb ich zurück zum Elektromobil musste.

✎ Operation Farnspitzen

Capitaine Q sollte das Drehbuch für eine Superheldensatire werden. Die Titelfigur würde Montréal vor den Umtrieben des Bösewichts L'Arrache-érable, vor einer kreuzgefährlichen Aerobic-Epidemie und einem versehentlichen sowjetischen Nuklearschlag bewahren. C'était le temps …

Dass sein eigener Neffe die Zerstörung von Montréal verschulden würde, wäre Eduard, bei all seiner Fantasie, wohl nie in den Sinn gekommen.

Aufblende: Ein gewisser Jean-Claude Mance sitzt in Unterhemd und Boxershorts vorm Spiegel und stutzt seinen Schnauzer. Auf den folgenden elf Seiten verwandelt er sich in Capitaine Q.

✎ Ähnlichkeiten

Eduard hatte seinen Titelhelden Capitaine Q keineswegs als blau-weißen Kollegen von *Captain Canuck* oder *Captain Canada* angelegt. Er wollte ja keinen Hünen mit Liliendekor und Laserblick auf die Leinwand schicken. Vielmehr schwebte ihm ein Mann mit dem Habitus des québecischen Premierministers vor: schlank, schlaksig, mit schütterem Haar und stets eine Zigarette zur Hand. Allerdings trug René Lévesque niemals einen Schnauzer.

Das Zeitungsfoto des québecischen Premierministers, das Eduard in seine Kladde geklebt hat, erinnert mich an Josef Bláha. In *Návštěvníci*, der Lieblingsserie meiner Kindertage, spielt Bláha den Leiter einer Zeitreisemission zur Rettung der Erde. Der Weltuntergang, der in *Návštěvníci* droht, stellt sich am Ende als ein Hardwarefehler des Zentralrechners heraus. Ein Problem, das sich mit einem Holzkeil beheben lässt. To byly časy …

✎ **Super-GAU**

Zeitreisen liefen keineswegs immer auf ein Happy End hinaus: In Terry Gilliams Film *Twelve Monkeys* scheitert die Mission zur Rettung der Menschheit, weil sie sich in einer Temporalschleife verfängt. Dass die Gefahr von einem unscheinbaren Laborassistenten ausgeht, kann der niedergeschossene Zeitreisende nicht mehr in die Zukunft übermitteln. Und sein jüngeres Ich, das ihn = sich sterben sieht, versteht überhaupt nicht, was vorgeht, ahnt nicht einmal ansatzweise, was ihm und der Welt bevorsteht. Wenn der Groschen endlich fällt, ist es dann immer längst zu spät.

Ebenenwechsel: Als die Erde am 31. August 2022 um neunzehn Uhr acht ihre kleinen Raumzeitsprünge vollführte, fühlte sich das an, als wäre sie auf ein gigantisches Trampolin gefallen, hochgeschleudert worden und dabei gegen die Decke geknallt, und so weiter und so fort. Die g-Kräfte schnellten in den tiefroten Messbereich. Deshalb dürfte auch kaum jemand bei Bewusstsein gewesen sein, als der Mond aus seiner Umlaufbahn katapultiert wurde.

Stunde Null: In Montréal war noch immer der 31. August 2022. Allem Anschein nach war es weiterhin neunzehn Uhr und ein paar läppische Minuten. Aber die Sonne stand – stand nun tief im Nordwesten, kaum fingerbreit über dem Mont Royal. Und würde dort bleiben. Der Spätsommerabend war auf Dauer gestellt.

Jiří: Je suis incredibly désolé ...

✎ Illusionen

Mancherorts lässt die Lichtstreuung den staubbedeckten Schutt wie verdreckte Schneewehen aussehen. Schnee, der früher schnellstmöglich mit Fräsen vom Asphalt geschabt und auf Kippern weggefahren worden wäre. Diese allwinterliche Routine der Kanadier zeigte sich in den Aufräumarbeiten und Rettungsaktionen – bis den Überlebenden schließlich klar wurde, dass der endlose Abend keine Sinnestäuschung war. Daraufhin setzten die Lamenti ein: von der stillstehenden Sonne, von der stillstehenden Erde, vom Ende der Welt.

Hätte die Erde aufgehört, sich um ihre Achse zu drehen, müsste die Sonne weiterhin über den Horizont wandern: Ein Tag würde dann allerdings ein Sternenjahr dauern. Das durfte ich Hélène einmal an einem Lagerfeuer demonstrieren.

Wie aber kann die Spätsommersonne immerfort überm Mont Royal festhängen? Hélène hat diese astronomische Nuss damals im Handumdrehen geknackt.

Hélène: Während wir ums Feuer tanzen, drehn wir uns genau einmal um uns selbst?

Jiří: Gebundene Rotation, ganz genau. So wie früher beim Mond.

Hélène: Bei was?

Das habe ich wirklich klasse hingekriegt!

✎ Wiedersehen in Montréal

Das Ende der Geschichte rückte einen entscheidenden Schritt näher, als mir Ondřej die Ankündigung von *Close the Gaps: Conference on Gravitational Research* weiterleitete: Er werde definitiv dabei sein, wenn theoretische und angewandte Physiker aus aller Welt in Montréal zusammenkommen – und überhaupt sei unsere letzte Sause doch bereits eine halbe Ewigkeit her.

Schon zeigten sich vor meinem inneren Auge wunderbare Zukunftssplitter. In meinem fensterlosen Büro träumend, sah ich dabei weder Doktor Asamoas bahnbrechende Theorie von fast Allem voraus, noch den papiernen Tsunami, der sich vom Konferenzzentrum ausbreiten und auch mich bald auf eine neue Stelle spülen würde.

Nachdem die Montréaler Kooperationsvereinbarung unterzeichnet war, wurden zahllose Projektentwürfe geschrieben und überarbeitet, Förderanträge in zigfachen Ausführungen verschickt, Baupläne für einen Forschungskomplex geplottet, diverse Sondergenehmigungen der Provinzregierung und der Montréaler Verwaltung eingeholt, Visaanträge ausgefüllt und schließlich Mietverträge unterschrieben.

Dominique hatte mir geholfen, eine halbwegs erschwingliche Wohnung in der Nähe des neuen Forschungskomplexes zu finden. Am Nachmittag vor meiner Einzugsfeier fuhren wir gemeinsam auf den Friedhof Notre-Dame-des-Neiges, um Rosen auf Eduards Grab zu legen. Dominique, Felicité und meine Wenigkeit: Eine nette kleine Familie. C'était le temps … le temps des fleurs.

✎ Anderwelten

Die Entwürfe, die ich in Eduards Kladde Nr. 5 fand, hätten einen Thriller nach meinem Geschmack ergeben können.

Prämisse: Allen angelsächsischen Angriffen trotzend ist Nouvelle-France in französischer Hand geblieben – von der Hudsonstraße bis hinunter zum Golf von Mexiko. Um die Grenzen der akadischen Fischgründe schwelt allerdings seit geraumer Zeit ein Streit mit den Vereinigten Staaten von Ostamerika.

Auf der anderen Seite des Kontinents führen die Romanows das Zepter und denken nicht im Traum daran, Russkaja Amerika zu verkaufen. Unter Zar Alexander III. konnte sich die russische Kolonie konsolidieren und von Alaska bis an die westlichen Jagdgründe von Rupert's Land expandieren.

Plotgerüst: Ende des neunzehnten Jahrhunderts nehmen in Nordamerika die Spannungen zu. In einem Schneemeer stehen sich Truppen des Russischen Reiches, aller französischen Republiken sowie Söldner der Hudson's Bay Company gegenüber. Eine Geheimkonferenz im Niemandsland soll schnell zu einer einvernehmlichen Grenzziehung führen. An eisgekühlten Spirituosen würde es nicht mangeln.

Gerüchte über indianische Krieger, die wie Geister zwischen den Stützpunkten umherziehen, steigern die Nervosität der lokalen Kommandeure, die für die Sicherheit der

Botschafter sorgen müssen. Überdies soll sich ein ostamerikanischer oder nordmexikanischer Spion unter die Botschaftsbegleiter gemischt haben.

Trotz mehrmaliger Überarbeitung hat Eduard kein befriedigendes Ende für *Les ambassadeurs qui allaient dans le froid* gefunden: Immer wieder brach irgendein neuer Krieg aus.

✎ Morbus Quebecensis

Da ist Hélène ja endlich. Übers Lenkrad ihres Pick-ups gereckt quert sie den Boulevard de Maisonneuve und steuert im Zickzackkurs auf mich zu, wendet direkt vor meinem Rollstuhl. An der mächtigen Heckstoßstange ihres *Super Dutys* verkündet ein rostiges Nummerschild: »Je me souviens.« Dass sich dieser Leitspruch keineswegs nur an die Gegenpartei eines Auffahrunfalls richten sollte, haben mir Eduards Aufzeichnungen klargemacht: Auch er erinnerte sich ständig.

Anscheinend erinnerte er sich aber von Jahr zu Jahr weniger an seine eigene Vergangenheit, an seine Jugend in der ČSSR oder das Interim in Frankreich. Stattdessen kopierte er komplette Passagen aus québecischen Zeitungen und Geschichtsbüchern, notierte die Inschriften von Denkmälern und Gräbern, prägte sich die Anekdoten von Museumsführern ein – und erinnerte sich an die geröteten Augen der Irokesen nach einem Winter im rauchgeschwängerten Langhaus; an die Namen von einunddreißig französischen Siedlern, die bei Beaupré von angelsächsischen Soldaten skalpiert worden waren; an den Feuerwehrwagen, mit dessen Hilfe das Parlament der Vereinigten Provinz von Kanada gestürmt und abgefackelt wurde; an die fulminanten Fackelumzüge, die Québec vor der Prohibition bewahrten; an die Märznacht, in der André Bessettes Herz gestohlen worden war &c., &c.

Er hätte noch Zunder für unzählige Romane gehabt. Wäre er doch bloß nie auf den Schemel vor seinem Bücherregal gestiegen. Dann würde sich höchstwahrscheinlich auch die Erde noch drehen. Hätte, wäre, würde ... Hinter jeder Erinnerung lauern Konjunktive!

Hélène öffnet die Heckklappe und rastet die Rollstuhlrampe ein. Nachdem sie mein Elektromobil auf der Ladefläche gesichert hat, fahren wir los. Der ausgestreckte Schaufelarm eines Baggers, dem mitten in den Rettungsarbeiten der Treibstoff ausgegangen sein mochte, stützt eine windschiefe Wand. Hélène fährt durch dieses Spalier und hält auf den Parc du Mont-Royal zu.

✎ Halteproblem

L'éternel aiguillon spielt in der denkbar besten aller Welten: Dort ist alles auf sittlicher Vernunft und Einsicht gegründet – von Wissenschaft und Wirtschaft, über Politik und Verwaltung bis hin zur Privatsphäre –, und so gestaltet sich jedes Miteinander kooperativ und fair. Eigentlich sollten die Bewohner vor Glück immerzu Luftsprünge vollführen. Doch im Gewebe ihrer Welt steckt ein winziger Stachel, der sie fortwährend kratzt: Irgendetwas fehlt ihnen. Um herauszufinden, was das sein könnte, rufen sie einen Wettbewerb ins Leben.

Die denkbar beste aller Jurys kürt eine unscheinbare Parabel namens *L'éternel aiguillon* zum überzeugendsten Beitrag.

Die Anderwelt, in der diese Parabel spielt, ähnelt der denkbar besten aller Welten bis auf zwei Details: Ihre Bewohner glauben zu wissen, was ihnen fehlt; und: Sie planen eine noch bessere Zukunft.

✎ **Belvédère**

Das letzte Kapitel beginnt damit, dass Hélène die Scheibenwischer anschaltet. Die porösen Gummiblätter quietschen übers Glas.

Nachtrag: Während ich Hélène diese Skizzen vorgelesen habe, ist eine gewaltige Wolkenfront aufgezogen. Obwohl ihre voraustastenden Eistentakel verdampften, wälzten sich die Wolken weiter und kamen dem Sankt-Lorenz-Strom immer näher.

Es wurde dunkel. Die Vögel verstummten. Wolkenbäuche schleiften über den kahlen Hang des Mont Royal. Die Grauhörnchen flohen von der Motorhaube. Eine Böe wehte die zurückgelassenen Erdnüsse davon, und dann war es so weit: Eine Melange aus Frostgraupel und Regen prasselte gegen die Frontscheibe. Noch war nicht alles verloren.

Die Wischblätter ziehen Schlieren. Außerdem beschlagen die Scheiben von innen. Doch davon lasse ich mich nicht bremsen: »— unter uns ragen schiefe Wolkenkratzer und Hochhausstummel auf, dahinter die Silos mit dem Schriftzug *Far n iv ose* und das zersprengte Habitat 67, die scharlachrot widerscheinende Ruine der Molson-Brauerei, die Pfeiler der Jacques-Cartier-Brücke, und drüben auf der Île Sainte-Hélène die Überreste von Fullers Biosphère. Hinter den verkohlten Ruinen von Longueuil blasst die Ebene aus, und über den Montérégie-Hügeln zieht eine Wolkenfront auf. Noch ist nicht alles verloren. Ich ziehe die Schaumstoffsonden aus den Nasenlöchern und breite die Arme aus.«

Jiří: Jetzt gehört es alles dir.

Ende

Fremdsprachiges

SEITE	
12	Gesta Hammaburgensis … – Taten der Bischöfe von Hamburg (Adamus Bremensis)
32	Musisz twoje życie zmienić – Du musst dein Leben ändern (Rainer Maria Rilke, Polnisch: Mieczysław Jastrun)
53	Nejstrašnější prach … – Der schrecklichste Staub. Gedichte
54	Ужаснейший прах – Der schrecklichste Staub
54	Свет – Die Welt
57	Пусть всегда будет солнце – Immer lebe die Sonne (Lew Iwanowitsch Oschanin, Deutsch: Hans Naumilkat und Manfred Streubel)
59	О, крылья – Oh, Flügel, ach
78	Vanhaesebrouckse Kuurinrichting – Vanhaesebrouckschе Kureinrichtung
78	Weverij – Weberei
79	Bataafse Petroleum Maatschappij – Batavische Petroleumgesellschaft
79	Gloeilampenfabrieken – Glühbirnenfabriken
82	Drukkerij – Druckerei
82	Fundacja Polskiej Liryki … – Stiftung für zeitgenössische polnische Lyrik
84	À la recherche … – Auf der Suche nach der verlorenen Zeit (Marcel Proust)
89	Alumnivereniging – Alumnivereinigung
89	Notes from the Sanatorium – Aufzeichnungen aus der Kuranstalt
101	Delicious again … – Es ist wieder mal lecker, María!
102	Why are you always telling … – Warum erzählst du immer solche grausamen alten Geschichten? Du solltest mal ver-

suchen, die Geschichte deiner Tochter zu erzählen. / Ich hab keine Tochter. Bisher – ich meine, noch nicht … vielleicht. / Das könnte zweifellos eine entzückende Geschichte werden.

181 Les Filles du Roy et moi – Die Töchter des Königs und ich

182 Uncle Tom's Cabin – Onkel Toms Hütte (Harriet Beecher Stowe)

183 Six Easy … – Sechs physikalische Fingerübungen (Richard P. Feynman, Deutsch: Inge Leipold)

183 Le premier jardin – Der erste Garten (Anne Hébert)

184 Je suis so sorry! – Es tut mir so leid!

184 Qui l'eût cru? – Wer hätte das gedacht?

184 Le grand intendant en vadrouille – Der große Intendant auf Achse

185 Oh oui, je suis un grand intendant … – Oh, ja, ich bin ein großer Intendant (ooh ooh), regieren, das mach ich gut (ooh ooh)

187 I am désolé, so très désolé. – Es tut mir leid, so sehr leid!

188 Le jour où le Québec s'arrêta – Der Tag, an dem Québec stillstand

188 Bonhomme Onze-Heures – Elf-Uhr-Mann

188 Les ambassadeurs … – Die Botschafter, die in die Kälte gingen

190 Those were the days my friends … – Dies waren die Zeiten, meine Freunde, wir dachten, sie würden niemals enden (»An jenem Tag mit dir/Damals da meinten wir/ Die Zeit blieb' steh'n«, Gene Raskin, Deutsch: Heinz Korn)

191 Oh les beaux jours – Glückliche Tage (Samuel Beckett)

191 Je mi to moc líto! – Es tut mir schrecklich leid!

192 Le trésor du roi de Saguenay – Der Schatz des Königs von Saguenay

192 La vague disparue – Die verschwundene Welle

192 Alasdair avale la pilule … – Alasdair steckt eine (weitere) Schlappe ein

198 C'était le temps – Das waren die Zeiten

199 Ordidocteur – Computerdoktor

199 Le garçon laid qui … – Der hässliche Junge, der sich unbegründet Hoffnungen machte, vorteilhaft zu altern

199 Ça y est – Das wäre geschafft
200 Les extraordinaires aventures … – Die außerordentlichen Abenteuer des František K.
202 Opération Têtes-de-violon – Operation Farnspitzen
203 Livre blanc de 2067 … – Weißbuch 2067: Die Klimapolitik der québecischen Regierung
203 Comment survivre à une bousculade – Wie man eine Massenpanik überlebt
204 L'Arrache-érable – Der Ahornausreißer
205 Návštěvníci – Die Besucher (Ota Hofman und Jindřich Polák)
205 To byly časy – Das waren die Zeiten
206 Je suis incredibly désolé … – Es tut mir unglaublich leid
207 Close the Gaps … – Schließt die Lücken: Konferenz zur Gravitationsforschung
208 C'etait le temps … le temps des fleurs – Das waren die Zeiten der Blumen (Eddy Marnay)
209 Je me souviens – Ich erinnere mich
210 L'éternel aiguillon – Der ewige Stachel

Peng. Peng. Peng. Peng. Zuerst in: *Die Tageszeitung,* 5./6. Dezember 2009.

Lösegeld, unter dem Titel **Fidye**. In: *Edit – Papier für neue Texte,* Nr. 57 (Herbst 2011).

K. In: *BELLA triste,* Nr. 31 (Herbst 2011).

Aufzeichnungen aus der Kuranstalt. In: Hubert Winkels (Hg.), *Klagenfurter Texte – Die Besten 2012.* Piper, 2012.

Hefringsø. Modellbausatz für eine unbedeutende Insel. In: *SALZ – Zeitschrift für Literatur,* Nr. 151 (April 2013).

Auszüge aus **Skizzen für den letzten Roman.** In: *The German Quarterly,* Nr. 94-1 (Winter 2021).

Mein **Dank** gilt allen, deren Werke sich in *Winkel der Welt* kreuzen, und allen, die mir Freiräume offenhielten oder eine Lanze für meine Texte brachen, sowie Kane, Olga, Tonton und ganz besonders Dr. D.

Erste Auflage Berlin 2021

Verlagsgesellschaft mbH
Göhrener Str. 7, 10437 Berlin
info@matthes-seitz-berlin.de

Umschlaggestaltung: Dirk Leban, Berlin
Satz: Michael Rosenlehner, Berlin
Druck und Bindung: GGP Media GmbH, Pößneck

ISBN 978-3-7518-0037-2

www.matthes-seitz-berlin.de